CETTE NUIT, SOLEDAD

Du même auteur, dans la même collection :

Fantôme sous la pluie
Pleins feux sur scène
Un jour à tuer

CETTE NUIT, SOLEDAD

HUBERT BEN KEMOUN

RAGEOT

Une première version courte et différente
de ce roman a paru sous le titre
Le jour du jugement
(éditions Nathan, 2007).

ISBN 978-2-7002-3613-2
ISSN 1766-3016

Pour Nicolas et Nathan.

Rester ou sortir ?

– Tu vas où ?
– Lâche-moi !
– Ludo, je t'en prie, dis-moi où tu vas.
– Tu bosses pour les flics, maintenant ? C'est nouveau !

Elle mesure facilement une tête de moins que lui. Elle ne l'avouera pas, mais elle a peur. Elle s'est plantée devant la porte de l'appartement, décidée. Elle sent bien qu'elle représente un barrage ridicule face à cette masse de muscles et de rage qui se dresse devant elle.

– Je ne travaille pas pour la police, mais au moins, je travaille, moi ! Tu avais un rendez-vous ce matin pour un poste de magasinier chez Auchan. Ils ont téléphoné, tu ne t'es même pas présenté.

– Boulot de larbin, d'esclave… grimace-t-il.

– Et moi alors, je suis une esclave quand je fais mes ménages ?

– C'est ton problème !

– Non, mon problème, c'est toi, Ludovic ! Je n'en peux plus ! Tu rentres à n'importe quelle heure et dans n'importe quel état. Je n'aime pas les n'importe qui que tu fréquentes et qui appellent n'importe quand… Tu vires dans le n'importe quoi. Voilà, c'est tout, je n'en peux plus, et pas seulement moi. Je veux que tu restes ici et que tu téléphones au supermarché pour t'excuser et voir si tu peux rattraper la situation…

– Laisse-moi passer, j'ai des trucs à faire !

Il la fusille du regard avec un mépris qui la tétanise. En même temps, il a saisi son épaule droite de la main pour la pousser hors de son chemin. Elle sent qu'il pourrait la gifler. Il a parfaitement perçu le sursaut de terreur de cette femme qui ne se résout pas à abdiquer.

– Je t'en prie, murmure-t-elle en osant s'agripper à son sweat Dolce & Gabbana. Reste à la maison ! Téléphone-leur !

Pas de doute là-dessus, son vêtement de marque vaut plus que tout, et Ludovic détache violemment la main qui le souille et le froisse.

– Maison de nazes ! Lâche-moi !

Elle se dégage de la poigne de son fils et se replace en rempart dans le chambranle de la porte.

– Cette maison c'est celle où tu dors, celle où tu trouves un frigo plein et où tu manges, celle où tu te réfugies à quatre heures du matin quand tu as besoin de te planquer. Cette maison, c'est celle où vit ton frère… Tu as l'impression que c'est un exemple pour lui, tout… toute cette… toute cette… merde ?

Il ouvre la porte, sourd et aveugle. Il ne faut pas qu'il soit en retard.

– La merde, c'est ce que tu nettoies à longueur de journées, non ? Alors de quoi tu te plains ? Salut !

Elle s'agrippe au sweat de marque une nouvelle fois. Il n'hésite pas et envoie sa mère bouler contre le mur. Marionnette impuissante, elle abdique.

Sans se préoccuper du regard accusateur de Mme Füler, la voisine d'en face, qui revient de la boulangerie, Ludovic descend l'escalier de l'immeuble à toute allure. L'air dehors lui fait du bien, il a tellement besoin de respirer.

Pour se donner une illusion de plus profonde liberté, il allume une cigarette. Il traverse la dalle en direction de la station de tram dont l'horloge indique que l'après-midi est déjà avancé. Afin de ne pas avoir à croiser le regard et la silhouette de sa mère qui doit certainement l'observer par la fenêtre du troisième étage, il ne se retourne pas.

Dans quel monde un fils frappe-t-il sa mère ?

Dans le sien.

Attendre ou s'enfuir?

Même la grosse horloge sur le fronton de la médiathèque semblait se moquer de moi et du retard d'Arto.

Elle était là, vissée au-dessus de ma tête, affichant 16 h 25, et promettait de faire pire de minute en minute.

Bon sang, qu'est-ce qu'il croyait, celui-là? Moi, c'était Soledad, pas Pénélope!

Le genre de fille qui joue les tapisseries en attendant l'arrivée de son Ulysse, normalement ce n'était pas mon style. Une heure de retard! Personne ne m'avait jamais posé un lapin pareil. Personne n'aime attendre, et moi pas davantage que les autres! J'ai pensé qu'Arto avait peut-être changé d'avis, ou qu'il était mort.

Non, un garçon qui me donnait un rendez-vous à 15 h 30 avec des intentions amoureuses aussi précises que claires ne pouvait pas mourir avant de m'avoir au moins embrassée. D'accord, mais alors pourquoi étais-je encore là, à jouer les jolies fleurs prenant racine sur les marches de la médiathèque ?

Je n'avais pas pu me tromper d'heure, de jour… En plus, c'est lui qui avait insisté pour que je lui accorde ce rendez-vous.

Il *devait* venir !

Oui, une jolie fleur ! Très jolie, même ! Parce que, franchement, j'avais fait des efforts pas croyables pour cet après-midi ! Mon heure passée dans la salle de bains à peaufiner mes peintures de guerre autour des yeux et sur mes lèvres, à travailler le savant balayage de mes cheveux, c'était pour lui, pas pour ces types qui me reluquaient, l'air gourmand, en descendant des trams. Sous une veste en jean délavé, j'avais choisi un body mauve assorti à ma jupe émeraude extracourte et, de mes bottes roses flashy, émergeaient des chaussettes bariolées montant à mi-cuisses. La classe totale, quoi ! Une dégaine d'amoureuse prête à tout ! Tout, pour que dès qu'il me voie, il n'hésite pas, apprécie le tableau et bascule immédiatement du côté rayonnant de mon charme… Oui, mais pour que mon charme opère, encore fallait-il qu'Arto arrive !

Un peu en contrebas des marches, sur le parvis, circulaient des tramways de la ligne 1. De leurs ventres, à intervalles réguliers, descendaient à chaque fois une trentaine de voyageurs. Celui que j'attendais devait arriver en scooter, pourtant je le guettais ici aussi. Un nombre à peu près équivalent de passagers montait dans les rames avant que celles-ci ne repartent.

Je n'allais plus tarder à les imiter. Seulement j'hésitais à déguerpir. Maintenant que mon après-midi était fichu, autant jouer encore un peu les caryatides de la médiathèque, histoire de lui faire sentir mon désarroi et ma patience, de lui balancer ma rage au moment où il arriverait enfin.

À moins qu'il ne soit mort sur son scooter…

Écrasé par un quinze tonnes, à deux cents mètres de notre rendez-vous…

Non, je n'avais pas entendu beugler la moindre ambulance depuis mon arrivée et Arto était plutôt du genre prudent quand il enfourchait sa Vespa.

Il avait intérêt à avoir des excuses en béton armé, du grave ou du sérieux, pour que je lui pardonne… La mort de sa grand-mère ? L'explosion d'un Boeing sur la tour Magnum qui domine la Saponne de ses vingt-neuf étages ? Le vol de son vieux scooter ?

En même temps que passaient les minutes, j'égrainais toutes les hypothèses. Les envisageables comme les plus farfelues.

Je me détestais d'attendre. J'avais accepté ce rendez-vous parce que ce beau ténébreux au regard saphir me l'avait demandé convenablement et qu'étant très open sur le marché du cœur en ce moment, je ne voyais pas pourquoi le lui refuser. Et puis qu'un des garçons les plus secrets du collège, qui faisait se retourner les filles sur son passage plutôt que de les faire pouffer, ait insisté pour « qu'on se retrouve, si ça te dit, mais moi j'aimerais vraiment. Mercredi prochain ! Ça me ferait vraiment plaisir », cela avait suffi à me donner des ailes et, comme une gourde, à arriver à l'heure ! Je m'étais monté un transatlantique toute seule et j'avais du mal à en débarquer.

La grand-mère d'Arto était morte l'année dernière. La tour Magnum était en place, je la distinguais parfaitement sur l'autre rive du fleuve. Perdre son scooter n'avait jamais empêché personne d'attraper un bus ou un tram et certainement pas de décrocher son portable pour s'excuser ! Qu'est-ce qu'il fichait, cet imbécile qui n'avait pas daigné répondre à mes douze appels depuis mon arrivée ?

Même pas moyen de lui jouer une scène en direct, obligée de confier ma rancœur à sa messagerie ! Je me sentais nulle et trompée sans être sûre d'avoir été aimée avant ! C'était pire.

Et attendre une heure un garçon dont on n'est pas certaine d'être amoureuse, est-ce que c'était moi ? Juste sous prétexte qu'il avait fait le premier pas lundi après-midi au collège, et ait su demander avec un sourire craquant... Est-ce que cela suffisait pour que je me fasse un sang d'encre ?

Je ne savais plus trop ce que je voulais, sinon qu'il arrive, afin de lui cracher à quel point il avait gâché, comme un malpropre, notre premier et seul rendez-vous, de lui balancer que tout était terminé entre nous, oui, même si rien n'avait jamais commencé.

Encore deux trams et je levais le camp !

Arto, j'étais une gourde remplie pour toi à ras bord, et je croyais que tu avais soif de mon amour. Mais là, tu vois, je me sens totalement sèche. Tu iras te désaltérer ailleurs !

Encore un tram et la cruche se cassait d'ici, et toi de ma vie !

Dès demain, à l'entrée du collège, devant un maximum de témoins, je lui expliquerais – avant ou après une gifle ? – à quel point il était passé à côté de la perle rare.

Une fille merveilleuse, douce, patiente (surtout patiente !), assez belle, dotée d'un goût incomparable pour s'habiller et se maquiller, une fille joyeuse (enfin d'habitude) et aimante comme personne. Rien de moins !

L'horloge affichait 16 h 45, ça suffisait. Elle ne se moquerait pas de moi une minute de plus.

Je ne sais pas si cela se passe toujours ainsi, mais au moment où je traversais le parvis de la médiathèque pour grimper dans le tram qui m'emporterait loin de ce maudit escalier, j'ai entendu klaxonner sur ma droite et, accompagnant cet appel, un autre appel, beaucoup plus précis, a retenti :

– Soledad ! Hou, hou, Soledad !

Je sais, je m'étais promis de filer, mais même en retard d'une éternité, c'était le bel Arto et moi je n'étais que Soledad.

J'ai laissé le tram repartir sans moi et sans ma rancœur.

S'abandonner ou s'enrager ?

Il arrivait en scooter par le quai Hichour, pas très vite, comme s'il avait démarré quelques mètres plus tôt. J'ai d'abord pensé qu'il aurait pu faire au moins semblant de foncer vers moi. Ç'aurait été un minimum.

Immédiatement après, alors qu'il venait de retirer son casque, malgré moi, je n'ai pas pu m'empêcher de le trouver séduisant. Il portait sa parka sombre en cuir graissé qui lui donnait un peu l'allure de Harrison Ford dans *Indiana Jones*, tout comme sa tignasse mal coiffée, ou alors c'est moi qui désirais le croire, et ses yeux aussi profondément clairs et envoûtants, ou alors ce n'est que moi qui voulais m'y noyer.

J'avais tellement envie qu'un garçon m'aime que je lui ai souri sans me forcer, et je ne m'en suis même pas voulu sur le coup. C'est à moi qu'il avait donné rendez-vous, pas à Sarah, pas à Pascaline, ni à Nathalie... Balayée avec le vent qui remontait du fleuve, mon heure perdue à l'espérer, l'attendre et le détester. Sa main s'est posée sur mon avant-bras, comme s'il y avait encore un risque que je disparaisse dans le tram qui avait quitté le quai depuis un moment. Il avait eu un geste identique lundi pour me proposer de nous voir cet après-midi et j'avais adoré la pression de ses doigts sur mon pull. Le bleu pétrole, celui en mohair avec la grosse inscription rose « Born to be loved ». J'avais été tellement heureuse de savoir qu'Arto comprenait si bien l'anglais et le message...

– Je sais ce que tu penses ! il a déclaré en descendant de son engin.

Oh non, il ne risquait pas de le savoir. Parce que moi, j'hésitais toujours entre la scène de ménage et l'envie de lui sauter au cou pour rattraper tout ce temps à poireauter. Ballottage très favorable pour la deuxième option.

– Je suis en retard ! Désolé... a-t-il tenté de résumer.

– Plus d'une heure ! Tu as une notion très personnelle de la ponctualité, j'ai répliqué en trouvant qu'il s'y prenait comme un manche pour s'excuser. De l'utilisation de ton portable aussi...

– Je n'ai plus de forfait, et ma batterie est naze ! Du coup, je n'ai pas pu récupérer ton numéro pour te joindre d'une cabine.

De crainte de le voir déguerpir immédiatement, je me suis abstenue de lui expliquer qu'on prend ses précautions quand on a rendez-vous avec une fille et que même le plus débile des bouffons fait attention à ce genre de détail.

Il venait d'antivoler sa bécane. Je l'ai laissé opérer. Maintenant, c'était à lui d'avoir l'initiative d'un geste, je veux dire un geste plus engageant que sa simple main sur mon bras.

– Pourtant, je suis tellement content de te voir, tu sais, il a dit en déposant son casque noir dans le coffre sous la selle de son scooter.

– Et tu comptes te faire pardonner comment ? j'ai demandé en plongeant mes yeux maquillés fatals dans le lagon des siens.

– Pour commencer, en t'invitant à boire un verre... Après, en te proposant une balade sur l'île de la Morand, en te prenant la main et en ne la lâchant plus jusqu'à demain matin...

– Entendu pour une pause en terrasse, juste pour voir si tu as de la conversation, le parc de l'île de la Morand, pourquoi pas, ça peut avoir son côté romantique… Mais pour ma main, il faut absolument que je la récupère en fin d'après-midi, enfin pour ce qu'il en restera, j'ai un rendez-vous.

– J'arrive à peine et tu penses déjà à me quitter ? il a grimacé en mimant une crispation au cœur qui m'a amusée.

– Il suffisait de te pointer à l'heure, jeune homme ! Je suis attendue dans le quartier des Griffons à 18 heures pour un *oldies sitting* ! D'ici là, à toi de me faire rire, de m'inventer toutes les promesses du monde, et à moi de prétendre y croire… J'ai tout ton temps ! ai-je répliqué avec un sourire qui en disait long sur mes attentes.

– Viens, on marche, alors ! a dit Arto, sans oser me prendre la main.

J'ai marché. À sa gauche. Côté cœur.

Dans ma tête, ça butinait à toute allure, du moins bien plus vite que notre progression de promeneurs sur le quai. J'espérais le geste, la parole, le baiser, mais il semblait gêné, peut-être était-il simplement intimidé…

Il faisait mine de se passionner pour le ballet des grues de déchargement qui fouillaient les cales des navires, pour les allées et venues des remorqueurs qui patrouillaient sur l'estuaire. Sa main se balançait à quelques centimètres de ma main droite, il tardait à la saisir, peut-être hésitait-il sur le moment opportun pour se décider.

J'essayais d'être émue par son trac si palpable, mais malgré moi je commençais à le trouver ridicule de s'engluer dans une pareille gêne. Il avait insisté pour me voir, j'étais venue, je l'avais attendu plus d'une heure, inutile de gâcher le peu qui nous restait à une promenade semblable à celle qu'offre l'office de tourisme aux visiteurs de la ville avant de les guider vers les musées et les remparts du château ducal.

Rien, Arto se taisait, gêné. Appartenait-il au genre « grand timide » ? Espèce rare par les temps qui couraient, soit, mais finalement très fatigante.

J'ai tenté de me persuader qu'il préférait peut-être m'emmener dans un coin moins fréquenté afin de m'offrir, dans l'intimité, les choses merveilleuses qu'il avait préparées pour moi. Seulement il avait l'air si mal à l'aise, c'était aussi touchant que grotesque. Je n'ai pas réagi, je le testais déjà.

– C'est quoi ton histoire de *oldies sitting* ? il a demandé alors que nous longions les hangars.

Une entrée en matière comme une autre... Après tout, pourquoi pas.

– Je m'occupe d'une vieille dame le mercredi soir et parfois le samedi après-midi. Je suis sa lectrice, c'est plutôt sympa. Je le fais autant pour l'argent de poche que cela me rapporte que pour rendre service. Elle habite à trois pâtés de maisons de chez moi, c'est pratique et très agréable.

– On pourrait aller au ciné, si tu veux... Je n'ai pas vu le dernier Tim Burton.

– Arto, je viens juste de te dire que je ne pouvais pas ! J'ai rendez-vous à 18 heures, je travaille !

– Tu ne pourrais pas téléphoner et expliquer que tu as un empêchement... Ça arrive...

Il avait enfin saisi mes deux mains. Pas pour me coller contre lui, plutôt pour être persuasif et me décider à changer d'avis.

Je me suis jetée à l'eau parce que je sentais que sa déclaration risquait de prendre encore une éternité.

– Impossible, je t'ai dit, mais il te reste une bonne demi-heure pour m'embrasser...

Tout garçon normalement constitué, quand une fille saine de corps et d'esprit, jolie et libre, lui lance une invitation pareille, sourit, baisse les yeux, histoire de prendre son élan, puis relève la tête, serre un peu plus fort les mains de la fille, l'attire contre lui et lui roule, non pas une pelle, mais une tractopelle. Un baiser qui plonge les deux protagonistes dans une apnée suffisamment longue pour que l'Alice au pays des merveilles de Tim Burton repasse de l'autre côté du miroir. Normalement... cela devait se dérouler de cette façon, à quelques détails près.

Ou alors c'est que la fille rêve trop, qu'elle regarde trop de films à la télé, que les romans qu'elle lit à haute voix chez sa vieille dame deux fois par semaine ne racontent que des mensonges.

Hélas, visiblement Arto préférait le lapin d'Alice à mes lèvres impatientes.

– Tu pourrais dire que tu arriveras en retard... Qu'est-ce que ça te coûte ?

– Arto !

– Je t'emmènerai en scooter, après le film.

– Je veux bien que tu m'accompagnes chez elle, mais je n'irai pas au cinéma. En tout cas, pas cet après-midi !

– S'il te plaît.

Son insistance maladroite m'énervait. Il m'avait fait attendre plus que de raison et là, on l'aurait juré jaloux de mon rendez-vous avec Mme Camplong. Elle, pas question de lui imposer un retard. Arto avait beau être le plus craquant à douze kilomètres à la ronde, je me rendais compte qu'on ne se correspondait pas, lui et moi. J'avais rarement autant prémâché un chewing-gum à un garçon. Au-delà de cette limite, je me lançais mes déclarations d'amour toute seule et je m'embrassais sur un miroir dans la salle de bains.

– Bon ça va, j'ai compris... a-t-il fini par dire avec des trémolos dans la voix, on va juste boire un verre.

– Arto, il est déjà 17 h 20. Je dois y être à 18 heures. Je te raccompagne à ton scooter, tu m'emmènes jusqu'aux Griffons, et on se donne rendez-vous une autre fois. C'est mieux, non ?

Je suis comme cela, incapable de détester. Et puis il pouvait bien avoir droit à une deuxième chance. Je n'étais pas si vaniteuse que cela pour le juger dès le premier instant.

Il a semblé réfléchir. On aurait dit qu'il évaluait ma proposition, mais que, pour lui, c'était aujourd'hui ou jamais. Je ne le comprenais pas.

– Si tu veux, a-t-il fini par abdiquer. Ouais, c'est pas une mauvaise idée. J'ai un second casque dans le top-case de ma Vespa.

Nous avons pris le chemin inverse, par le quai. Sans un mot.

Pendant deux jours, j'avais imaginé ce rendez-vous de mille façons. Des scénarios plus agréables à chaque fois, jamais aussi vides, nuls et inutiles. Pour que tout ne soit pas perdu, j'ai tenu sa main dans la mienne en marchant. Il l'a serrée fort. J'ai voulu y voir un encouragement.

Alors que nous atteignions le parvis de la médiathèque, avant qu'il ouvre le top-case de son scooter pour en tirer le casque qu'il me destinait, je me suis serrée contre lui et j'ai déposé furtivement mes lèvres sur les siennes.

À toi de jouer, Arto !

Il ne faut pas croire, malgré ce que je raconte parfois pour ne pas paraître trop ridicule, des garçons, je n'en avais pas embrassé des bataillons. Quelques-uns, pas plus fins que moi, dans des coins de couloirs, chez des camarades, lors de leurs fêtes d'anniversaire.

Mais une histoire, une vraie, une qui compte, qui me fasse basculer dans autre chose que le statut de super bonne copine, de gentille rêveuse ou de jolie poupée à la poitrine avantageuse, j'avais vraiment espéré la commencer aujourd'hui avec lui. Même si je n'étais pas certaine que ce soit lui le bon, ni cet après-midi la date rêvée.

Arto m'a rendu mon baiser, sans y mettre la moindre fougue, juste par politesse. Sa bouche avait un goût délicat de noisette. Enfin, c'est ce que j'ai à peine eu le temps d'apprécier. Ce n'était quand même pas parce qu'il ratait un film qu'il se détachait de la sorte ?

– Tu montes ? m'a-t-il proposé gentiment en enfilant son casque.

De cela aussi, j'avais rêvé. Il m'emmenait en scooter. Moi, blottie contre ses reins, serrant fort sa taille, et lui, profitant de coups de frein trop brusques pour coller son dos contre ma poitrine. On s'invente les princes charmants que l'on peut.

– Je vais te donner l'adresse exacte, c'est dans les quartiers des Griffons, sur les hauteurs, j'ai crié alors qu'il démarrait.

– T'inquiète pas, Soledad, on n'est pas en retard, et je voudrais te montrer un coin que j'aime.

Un coin qu'il aimait à une fille qu'il pourrait un jour aimer. Ça se tenait et sa cote remontait à vue d'œil. Je n'ai rien dit au sujet de l'heure de crainte de le vexer. Il était 17 h 40, mais l'espace d'un instant, en accrochant mes mains à ses hanches, j'ai pensé que j'adorerais qu'un jour, un garçon m'invite : « Monte ! » pour m'embarquer sur son scooter vers Vladivostok ou Anchorage. Je ne lui réclamerais même pas un détour par la maison pour y récupérer mes après-skis orange fluo à bandes vertes et ma doudoune grise à paillettes.

– Ferme les yeux ! C'est une surprise ! Je te dirai quand les ouvrir.

Enfin !

J'ai fermé les yeux en posant ma tête contre son dos. J'ai senti qu'il prenait de la vitesse. J'ai adoré. Faute de ses caresses, celles du vent me donnaient des illusions de passion.

Tenir ou sauter ?

Les yeux fermés et la confiance totale, ça ne dure qu'un temps. Même à la fête foraine dans les pires manèges, je n'ai jamais réussi à tenir cette cécité plus de quelques minutes. Quand je les ai ouverts, un peu plus tard, je me suis rendu compte qu'Arto se dirigeait vers l'ouest de la ville. À l'opposé du quartier des Griffons.

Nous venions de passer le pont Babel qui mène au sud de la ville, et il fonçait en slalomant entre les voitures bloquées par les feux et les embouteillages de sortie des bureaux. Cherchait-il à m'impressionner, lui qui avait été incapable de me rendre mon baiser ?

– Arto !

– T'inquiète pas, tu seras à l'heure chez ta vieille ! a-t-il crié sans ralentir, grillant les stops et les priorités.

La vitesse le grisait sans doute autant que moi, mais nous avions peu de chances de nous retrouver devant la maison de Mme Camplong pour 18 heures.

Il fonçait toujours, longeait le fleuve par les voies sur berge.

– On va vers Moult ? ai-je hurlé pour couvrir le vacarme de son moteur poussé au maximum.

Je ne crois pas qu'il ait répondu. De toute façon, je ne l'aurais pas entendu. Il était presque 18 heures quand nous sommes arrivés à Moult, le petit port de pêcheurs de civelles installé au fond d'une baie sur le fleuve.

– Arto ! Arrête-toi ! Arto ! Il faut absolument que tu me ramènes !

Arto ne s'est pas arrêté. Il avait dépassé en trombe les dernières maisons du port et là, j'ai commencé à avoir peur.

Très peur.

Il y avait quelque chose de suicidaire et de bestial dans sa conduite. Je n'étais peut-être pas la fille la plus simple du monde, mais il n'était pas le garçon le plus limpide.

J'ai cogné sur son casque d'une main, comme on frappe à une porte de façon désespérée pour qu'on nous l'ouvre. Il a repoussé ma main. Alors je l'ai pincé à l'épaule. Sans ralentir, il a éloigné ma main. J'ai hurlé pour qu'il arrête et remonté mes doigts jusqu'à son cou, pour lui faire mal, vraiment mal. À grands coups de coude violents, il réussissait à éloigner mes mains qui cognaient à présent sa poitrine ou son dos. J'ai attrapé ses hanches et j'ai serré toujours en hurlant.

Il n'y a qu'au cinéma qu'on descend d'un scooter roulant à plus de cinquante à l'heure, du moins si on est cascadeuse, ou qu'on a décidé de passer les soixante-dix ans à venir dans un fauteuil roulant.

La machine a tangué un peu, mais Arto ne ralentissait toujours pas.

Alors, perdue, j'ai tapé, griffé. En vain. Mes mains sont arrivées sur ses bras et, de toutes mes forces, j'ai enfoncé mes pouces dans le creux de ses coudes. Là, enfin, instinctivement, par réflexe, il a lâché la poignée des gaz et freiné. Il a dérapé sur la chaussée. En une fraction de seconde je me suis vue projetée sur un des arbres qui bordaient la petite route, mais Arto a réussi à rétablir son engin juste avant qu'il ne se couche sur la chaussée.

Je ne sais pas comment il a réussi cette prouesse de pilote, je m'en moque, la machine avait calé, j'étais entière et hors de la selle l'instant d'après.

– Espèce de dingue dégénéré !

Hystérique, j'ai hurlé et retiré le casque pour le lui lancer à la figure. Il l'a dévié d'une main comme il a pu et l'a ramassé à ses pieds. Il l'a accroché à son guidon et a dit, comme s'il me crachait à la figure :

– J'ai fait ça pour toi ! T'aurais dû choisir le ciné, pauvre idiote. Il fallait que tu restes avec moi !

Je ne voulais plus l'entendre !

Juste avant qu'il ne redémarre, son téléphone portable a sonné dans sa poche.

Plus de batterie ? Il n'y avait vraiment qu'une imbécile comme moi pour craquer sur un taré pareil !

– À cette heure-ci, c'est trop tard pour aller faire la lecture chez les vieilles ! il a insisté en me regardant.

– Casse-toi, sale déchet, et évite de lever les yeux sur moi quand on se croisera au bahut !

– Tant pis pour toi, Soledad !

Là-dessus, il a démarré et disparu en direction de la ville. Si lointaine.

J'étais en pleine campagne. Le soir tombait, et je me suis mise à marcher en pleurnichant sur moi-même et en maudissant les voitures qui ne s'arrêtaient pas à mon pouce levé. Aux yeux des conducteurs qui filaient sur cette fichue route, je devais apparaître comme une pauvre fille paumée. Je l'étais !

J'ai appelé Mme Camplong pour la prévenir que je serais en retard. Je comptais reporter notre rendez-vous au lendemain, mais je l'ai sentie si déçue que je lui ai promis que je passerais de toute façon.

Au moins quelqu'un avait envie de me voir et m'espérait. Cet après-midi, mieux que quiconque, je savais ce que pouvaient inspirer l'attente et l'impatience.

Mon portable a sonné alors que je descendais de la voiture d'une jeune femme qui m'avait prise à l'entrée de Moult.

Devant mon air malheureux, elle avait éteint les infos de sa radio et, sans poser de questions, m'avait proposé de faire un détour pour m'accompagner jusqu'à un arrêt de tram de la banlieue sud de la ville. J'avais apprécié cette délicatesse discrète et salutaire.

– Soledad, c'est Rachel !
– Oui… ?
– T'es avec Arto ?
– Non…
– Arrête tes salades ! Vous sortez ensemble ? Vous vous embrassiez devant la médiathèque !
– C'est une erreur, une illusion d'optique !
– Oui, en tout cas, je te préviens, il est pas très clair, ce mec. Il sort avec Emma depuis quinze jours !
– Tant pis pour elle !
J'ai ravalé ma surprise comme j'ai pu. Une désillusion de plus ou de moins…
– Soledad, je sens bien que ça ne va pas !
– Il y a eu des jours meilleurs…
– Te prends pas le chou avec ce mec. Je l'ai vu tout à l'heure quand je suis arrivée pour bosser à la médiathèque. Il t'épiait de loin.
– Qu'est-ce que tu racontes ?
– Il était sur le quai Hichour, je l'apercevais de ma table de travail, il observait quelque chose ou quelqu'un. Sans doute toi.
– Et alors ?
– Et alors, je ne sais pas. Seulement, tu comprends, c'est quand tu as traversé la place vers le tram qu'il est allé te choper, juste avant que tu montes dans la rame. Il t'a attendue une heure ! Il te kiffe peut-être grave, mais il est aussi limpide que du vinaigre.

– On peut dire ça. Merci, Rachel !

– Tu peux bien me l'avouer, vous aviez rendez-vous ? elle a insisté. Vous êtes ensemble ?

– Dans une autre vie ! Ce type est dingue. Fais une prière pour Emma, si t'en connais ! Il faut que je te laisse, là. Tu m'excuses, on se voit demain.

Inutile de lui plomber son forfait pour la faire bénéficier de mes sanglots. L'anonymat d'un tramway déchirant le crépuscule me suffisait largement.

Prendre ou se faire prendre?

Dans une autre vie, il ne sera pas une souris et les chats ne galoperont pas derrière lui pour l'attraper. Dans une autre vie, il sera clean... Mais il est encore dans cette vie-là, et dans son dos souffle la détermination d'un chat enragé qui ne le lâchera pas.

Après avoir contourné le bureau de poste, la souris s'est engouffrée dans la rue du Château-d'Eau et a laissé sur sa droite le grand réservoir ceinturé de hauts grillages.

En cette fin d'après-midi, la souris s'appelle Dimitri, elle a eu le tort de sortir sous sa veste un MP4 du magasin *Sono Sound and Games* non loin d'ici.

Le chat n'a pas de nom, c'est juste un chat ou plutôt un chien de garde. Il s'agit du vigile du magasin, et c'est le troisième vol de la journée qui a fait beugler les détecteurs à la porte d'entrée de la boutique. Il sait que s'il ne rattrape pas le fuyard, il devra dire adieu à sa place toute fraîche de cerbère du magasin. Les deux voleurs précédents, il les a laissés filer sous les yeux excédés de son patron, alors celui-là, il le lui faut absolument. Ce lascar payera pour les autres. Question de principe, bien sûr, mais surtout question d'avenir pour lui.

Dimitri galope, il est épuisé. Derrière, son poursuivant est à une soixantaine de mètres, mais ne parvient pas à grignoter la distance qui les sépare.

Hélas, soixante mètres ne suffisent pas pour que l'autre lâche l'affaire, pour que Dimitri puisse s'engouffrer dans une ruelle latérale. Une pareille manœuvre n'échapperait pas à son chien de chasse.

Punaise, ce petit vol va lui coûter une crise d'asthme ! Oui mais à gamberger aussi vite qu'il court, le jeune voleur songe qu'il vaut sans doute mieux perdre un poumon ou une bronche que de comparaître une nouvelle fois devant la juge pour enfants.

Mme Rosière n'apprécierait certainement pas de le revoir une quinzaine de jours à peine après son dernier coup dans le magasin de pompes de sport sur la place de la Grande-Poste. Elle goûterait aussi très modérément de retrouver les six cents euros qui gonflent son portefeuille et prouvent à quel point ses petits trafics prospèrent. Le couperet tomberait fort. Alors tout sauf la juge !

En allongeant ses foulées, le garçon essaie de faire défiler le plan du quartier dans sa tête. À droite, le quartier du port, trop fréquenté pour ne pas tomber sur une patrouille de police ou un valeureux citoyen prêt à jouer les Zorro et à se lancer en renfort à sa poursuite. À gauche, les tenues maraîchères, mauvaise planque, trop à découvert et trop loin. Son cœur et ses poumons le préviennent depuis un moment qu'ils ne tiendront plus longtemps…

Devant lui, les rues du quartier des Griffons et ses maisons cossues aux grilles en fer forgé et aux jardins clos de vieux murs en pierre. Pas d'autre solution pour Dimitri que de continuer à fuir, que de semer ce vigile trop zélé. À moins qu'il se lasse ou, mieux, qu'il meure au milieu du trottoir d'une crise cardiaque foudroyante !

Galoper encore et trouver vite où se planquer. Il a l'impression de n'avoir jamais fait que cela, Dimitri. Courir pour échapper aux vigiles des magasins, aux pions du collège quand il se défile avant la fin des cours. Courir et se cacher. Chez lui aussi, c'était pareil. Se cacher sous son lit, dans le bas de son armoire, sous la vieille table en plastique du balcon quand il sentait se lever la tempête au salon, entre sa mère et les pauvres types qu'elle ramenait en s'imaginant à chaque fois que celui-là serait enfin le bon. « Tu verras, Dim, celui-ci est différent ! » Mais celui-là squattait l'appartement, la chambre et le frigo, le suivant vidait les bouteilles et tenait mal l'alcool, le dernier rassemblait les travers des deux précédents et, en option, cognait pour un rien. Cela s'était terminé à l'hosto pour sa mère, et chez une juge pour lui.

Courir d'un centre d'accueil d'urgence en institution plus ou moins spécialisée, de famille de parrainage en famille de substitution. Se cacher de ce qu'il est devenu à quinze ans, un félin asocial dont personne ne veut vraiment et qui a perdu ses rêves de grandeur et de réussite dans le fossé de plus en plus profond de ses mille petits trafics. À force de lui seriner les règles, on lui avait appris à les détourner...

La seule idée de se retrouver à nouveau face à la juge Rosière augmente de quelques centimètres chacune de ses enjambées. Mais l'autre, derrière, ne se laisse pas distancer pour autant. Pas de bol pour Dimitri, ses rêves de réussite passent par la prolongation de son contrat chez *Sono Sound and Games*.

C'est incroyable, pense le fuyard, ce type a pris option course de fond avant d'être embauché dans ce magasin ! Course de fond ou boxe française ? Peut-être les deux ! Il tente d'accélérer un peu.

Courir encore, sans se retourner.

À moins que ce naze se dope ! Pour être capable de faire ainsi cracher ses poumons contre un vulgaire MP4, ce mec doit être plus dopé qu'un grimpeur du Tour de France !

Accélérer tant que c'est encore possible. Tout sauf la juge Rosière. Tout sauf les poings de ce grand type au crâne rasé qui joue le lévrier de compétition.

La douleur le chope net au coin d'une ruelle grimpant vers le sommet de ce quartier qui est une des trois collines dominant la ville et son fleuve. Un point de côté abominable. Comme si un Sioux planqué derrière l'enceinte d'un des jardins venait de l'atteindre de sa flèche, vingt centimètres sous le cœur. Il ne tiendra plus. Dans la doublure de sa veste, il attrape le boîtier du MP4 volé et le balance loin derrière lui au milieu de la rue, dans les pas du type, qui ralentit, s'arrête et ramasse le butin.

Dimitri en profite pour s'éloigner à petits pas en comprimant sa douleur, comme pour se donner l'illusion qu'il peut l'amadouer.

L'autre, là-bas, à déjà plus de cent mètres, hésite à reprendre la poursuite. Elle est finie pour lui aussi, il rebrousse chemin en soufflant et en décidant qu'il jurera à son patron qu'il a traîné le chapardeur au poste de police.

Dimitri s'engouffre dans une rue, puis dans une autre, se retournant sans cesse au cas où son chien de chasse change d'avis. Il titube de fatigue, emprunte une troisième rue résidentielle bordée de marronniers dont les racines ont plissé le bitume des trottoirs. Il faut qu'il se planque quelque part. Absolument.

Des ouvriers d'un chantier ont laissé une benne de gravats devant une maison en restauration, une ancienne ferme comme il y en avait quelques-unes ici, avant. Le garçon grimpe sur les palettes de bois entassées au dos de la benne. De là-haut il vérifie encore que le pitbull s'est rassasié du MP4 qu'il lui a rendu et qu'il est retourné vers sa niche. Tout semble aller… Tout, sauf son cœur, son souffle, la perte de son butin, son après-midi foutu, la menace de la juge… Tout, sauf sa vie entière !

Parce qu'il ne veut pas rester terré à côté d'une benne de chantier où les gravats et les planches dardent leurs pointes, il se glisse dans la maison en rénovation.

Il lui suffit de déplacer une plaque de tôle ondulée, de dénouer la chaîne cadenassée un peu trop lâche, pour se faufiler à l'intérieur.

La douleur au côté tarde à s'estomper, il souffle comme un bœuf, et c'est à tâtons qu'il traverse un couloir et grimpe un escalier en ciment sans rampe pour atteindre le premier étage. Les huisseries ne sont pas encore installées.

Au milieu du palier, il se cogne à des portes et des fenêtres qui attendent, couchées, que des maçons les scellent bientôt. Demain peut-être.

Demain, cela lui donne le temps de voir venir…

Une baraque ouverte aux quatre vents, d'autant plus vaste qu'elle est vide, cela suffira pour cette nuit. Il a connu pire comme planque.

Dans la pénombre du jour finissant, Dimitri compte cinq chambres et deux salles de bains à l'étage. La baignoire, les bacs à douche, les lavabos ne sont pas posés. Il y aurait à récupérer un joli butin dans cette maison. Des bobines de fil électrique à peine entamées, des interrupteurs dans leurs emballages, des tubes de cuivre intacts, quelques outils... Ça peut valoir du fric tout ce matériel... Il arrête de rêvasser à ce qu'il pourrait en tirer. Rester vigilant au cas où d'autres paumés aient l'idée de squatter l'endroit pour la nuit.

Il ne retournera pas au Centre pour se prendre un nouveau savon des éducateurs, ils ont sans doute déjà alerté les flics, songe Dimitri. Malgré lui, il se remet à penser à cette juge, Mme Rosière.

– Tu n'en as pas marre des... conneries, Dimitri ? Oui, connerie, il n'y a pas d'autre mot ! Je ne vais pas parler de bêtises, tu n'as plus cinq ans ! Pas de méfaits, tu n'as pas encore vingt ans, mais ça viendra ! Et ne crois pas que tu t'en sortiras en prétendant que tu ne sais pas ce qui t'a pris et que tu as pété un câble, ça ne marchera pas ! Alors, je dis bien : de tes conneries ! En tout cas, moi, vois-tu, j'en ai assez ! Ce n'est plus la première fois, Dimitri, pas le premier barreau de l'échelle...

Aujourd'hui ce sont des chaussures ou des sweat-shirts, l'étape suivante, ce sera quoi ? Il y a des tas d'échelons que je ne veux pas te voir descendre, Dimitri ! Parce qu'elle ne monte pas, cette échelle-là, mon garçon, elle dégringole ! Donc que ce soit bien clair entre nous, il vaudrait mieux que nous n'ayons pas à nous revoir dans ce bureau ! Tu veux des chaussures à deux cents euros ? Travaille au collège et un jour tu t'en paieras autant que tu veux !

La magnifique paire de baskets immaculées qu'il avait tenté de sortir du magasin était posée à côté du clavier de son ordinateur. Le regard de Dimitri s'était arrêté sur les chaussures de la juge, sous le bureau. Elle portait de vieilles bottines au cuir marron fatigué, sans style, aux semelles épaisses, sans doute dégottées dans un supermarché. Il avait esquissé une moue dégoûtée. Si même elle ne réussissait pas à s'offrir de belles grolles, à quoi bon faire des efforts ? avait-il songé ce jour-là en redressant son regard.

Peut-être avait-elle compris ce qui lui avait traversé l'esprit. D'une voix calme, elle avait ajouté :

– Tu regardes mes chaussures ? Tu calcules ? Eh bien, justement, arrêter les conneries, cela permet de choisir ! Moi je choisis où je mets mon argent, Dimitri ! Et si ça t'intéresse, je le place ailleurs que dans mes bottes ! l'avait-elle salement mouché avant de conclure. Alors voilà, jeune homme, je te donne le choix : ou bien je réussis à t'oublier, et pour cela il vaut mieux que j'évite de te revoir, ou bien tes délits te rappellent à mon bon souvenir, et dans ce cas, mon jugement tombe ! Aujourd'hui, je te tape sur les doigts, je te remonte juste les bretelles. Le patron de *Foot Docker* a décidé de ne pas porter plainte contre toi, tant pis ou tant mieux, l'avenir le dira, mais moi, Dimitri, je t'assure, si j'ai des bottes que tu juges lamentables, ma mémoire, elle, ne l'est pas ! C'est mon dernier avertissement !

Cette conne avait raison, pense-t-il ce soir, assis par terre dans la pénombre d'une chambre grande comme un salon, en observant le jour qui abdique pour la nuit.

Quel pauvre nul il est ! Le MP4 volé chez *Sono Sound and Games* il n'a même pas d'ordinateur pour y télécharger des chansons. Il ne l'a choisi que parce qu'il lui semblait dépourvu de pastille antivol. Il n'a pas plus de clients potentiels pour le revendre qu'il n'en aurait pour une baignoire, des robinets ou des mètres de tubes de plomberie qui se trouvent ici autour de lui.

Afin de se payer une maison comme celle-ci ou comme celle d'en face dont il distingue le jardin, il faudrait recommencer les quinze premières années de sa vie nullissime. Mais c'est impossible. On peut faire tomber les murs intérieurs d'une vieille ferme et la transformer en petit palais urbain, seulement personne ne peut réussir ce genre de miracle avec un garçon tel que lui. Personne !

Il attrape deux bâches de peintre en guise de couvertures, remonte jusqu'en haut la fermeture Éclair de son blouson et s'allonge en espérant se laisser gagner au moins par un demi-sommeil.

Sur le moment, il ne sait pas trop si la jeune fille qui fait crisser les graviers de l'allée en se dirigeant vers la maison d'en face est réelle ou déjà une figurante de son rêve.

Se précipiter ou prendre son temps ?

La vision des jambes interminables de la jeune femme qui vient d'entrer le tire un peu de sa torpeur. Il en est à son troisième café et, depuis de longues minutes, se laisse bercer par les clips vidéo qui passent en boucle sur l'un des trois écrans accrochés dans les coins stratégiques de la brasserie. D'un regard insistant, il suit le balancement de la jupe courte et s'attarde, rêveur, sur les cuisses et les fesses de cette jolie inconnue.

Elle traverse l'établissement d'un pas décidé, sans se préoccuper de l'attention soutenue que lui porte Ludovic. En passant devant le bar, elle décoche un petit sourire au patron, qui lève le nez de la page des sports de son journal et lui lance un distrait :

– Bonjour Cathy, ça va comme tu veux ?

« Cathy belles jambes » se dirige vers un grand blond qui l'attend depuis un moment devant un demi presque entièrement descendu. Elle l'embrasse avec gourmandise pour s'excuser de son retard, se pose à côté de lui et garde ses mains dans les siennes.

Fin du rêve pour Ludovic. Les filles comme elle ont des rendez-vous avec des types qui ne lui ressemblent pas, pense-t-il amèrement.

Il se lève et sort sur la terrasse du bistrot pour fumer une cigarette. C'est la huitième depuis qu'il est arrivé ici. Il jette un œil impatient à son téléphone portable, peste de ne pas l'entendre sonner, écrase son mégot dans un cendrier publicitaire en Pyrex vert, et retourne à sa table.

En s'asseyant Ludovic laisse lambiner son regard sur les jolies cuisses de Cathy puis revient plonger dans les décolletés vertigineux des pom-pom girls qui se trémoussent toujours sur les écrans, en compagnie de chanteurs de rap.

Ludovic, vingt et un ans dans quinze jours, des cheveux bruns coupés ras, des yeux d'un turquoise insolent et un nez assez fin, légèrement incliné vers la droite. Peut-être à la suite d'un accident ou d'un mauvais coup. Si le nez tangue un peu sur tribord, les oreilles du jeune homme jouent les spinnakers tant elles sont décollées. Cela n'enlève rien au charme profond de Ludovic. Pour tromper son attente, il commence une nouvelle partie de *Rebels Invasiors* avec son portable au-dessus de sa troisième tasse vide.

Ludovic déteste attendre. Peut-être plus que les autres. Lui, ce n'est pas une fille aux jambes interminables qu'il attend, mais que ce satané téléphone sonne. De temps en temps, il interrompt sa partie pour vérifier qu'il n'a pas raté l'arrivée d'un éventuel SMS, hélas rien d'autre ne vibre sur cette satanée machine que les vaisseaux ennemis qu'il abat à coups de rayons laser.

S'il osait, il vérifierait également que son pistolet automatique et son chargeur sont bien là et en état de marche. Mais même si la page des sports du patron, les mamours entre « Cathy belles guiboles » et son grand blond, les définitions de mots croisés de ce vieux là-bas et cette partie de tarot à cette autre table semblent accaparer les clients de la brasserie, cette vérification s'avère trop risquée.

Ludovic s'en veut d'être aussi nerveux. Il n'y a aucune raison pourtant. Le coup est nickel et d'une simplicité absolue. Cent fois plus facile que ce qu'il a réalisé auparavant. Au regard de toutes les fringues de marque qu'il a déjà sorties des boutiques du centre-ville, des virées nocturnes dans les entrepôts des quais ou dans les villas de la côte qu'il a visitées ; aujourd'hui c'est du gros mais aussi du tout cuit. Le client a commandé, lui n'a plus qu'à attendre le feu vert qui doit arriver sur son téléphone pour se lancer.

L'arme, c'est juste parce qu'il aime ça. Et que, pour devenir le caïd qu'il sera un jour, il vaut mieux disposer de ce genre d'attribut. Ce flingue en impose toujours assez pendant ses trafics dans les caves de son territoire. Depuis qu'il l'a acheté dans une armurerie du cours des Cinquante, il ne l'a utilisé que pour s'entraîner sur des boîtes de conserve, dans l'usine à gaz désaffectée. À vingt mètres, il n'en avait atteint aucune ; à dix, il avait fait mouche avec la moitié du chargeur. Mais il progressera et apprendra petit à petit à s'affirmer.

Ludovic en est persuadé : pour devenir quelqu'un, il lui faut avancer barreau par barreau sur cette échelle jalonnée de bons plans qui le mèneront au paradis.

Il en est certain, il saura s'arrêter à temps, après un très gros coup. Son paradis aura alors l'allure d'un voilier d'au moins quinze mètres, pour un tour du monde, avec une dernière escale dans un archipel aux plages plus belles que des cartes postales, dans un hôtel qu'il achètera avec l'argent de ses butins et qu'il mettra en gérance… La belle vie, une autre vie, quoi ! Mais pour en arriver à ce nirvana, il y a des tas d'échelons à gravir, de coups de feu à tirer, et pas dans des boîtes vides de cassoulet. Peut-être du sang à faire couler, il le sait, et il est prêt à tout pour que son existence bascule et que des « Cathy belles guiboles » se pressent autour de lui.

Ce soir, il atteindra un nouveau et joli palier. Il ne voit que cela, Ludovic. Sept mille cinq cents euros pour lui ! Personne ne gagne ça en une heure. Si, les footballeurs professionnels, bien sûr… Ou les joueurs, à certains jeux de hasard à la télé. Ils empochent de belles sommes, ces nazes, mais Ludovic n'est pas un lanceur de pièces qui se contente d'attendre la fin de la page de pub pour savoir de quel côté retombera la rondelle. Lui, c'est un homme d'action.

Il y aura également sept mille cinq cents euros pour sa tante. Enfin, si Betty se décide à appeler ! Qu'est-ce qu'elle fabrique, celle-là, bon sang ?

Du calme, Betty n'a aucun intérêt à faire foirer l'affaire. Elle appellera quand elle jugera que le moment est venu. Après tout, c'est elle qui l'a mis sur le coup, il y a une semaine. Elle qui connaît le commanditaire et encore elle qui livrera le butin, qui empochera l'argent et le partagera entre eux.

Ludovic essaie de ne pas penser que Betty l'a peut-être grugé, qu'il y a peut-être beaucoup plus de quinze mille euros à la clé, que sa tante ne lui a pas indiqué la somme exacte... Oui mais, l'idée le traverse malgré lui... Et ça l'énerve. Non seulement il n'aura jamais le moyen de vérifier, mais une telle somme pour un si petit boulot, il n'a vraiment pas à se plaindre.

N'empêche...

N'empêche que Betty tarde, et que Ludovic gamberge à toute allure. Les « Cathy aux belles jambes » y sont peut-être pour quelque chose, les grands blonds aux bras desquels elles sortent pour monter dans de jolies voitures, comme vient de le faire le couple du café, lui donnent d'étranges idées.

Si un commanditaire est prêt à cracher quinze mille euros pour un objet avant de le fourguer à son propre client, c'est qu'il vaut beaucoup plus. Betty a-t-elle si bien négocié que ça ? Il suffirait de se passer d'un intermédiaire pour doubler ou tripler le bénéfice… Et puis il y a peut-être plus d'un trésor à glaner là-bas. Il ne faudra pas se précipiter. Ludovic fait tellement tourner les additions dans sa tête qu'il ne réagit pas immédiatement quand son portable, enfin, se décide à vibrer, à deux doigts de sa tasse.

– Ludovic, c'est moi… fait la voix tant attendue de Betty.

– Purée, qu'est-ce que tu fichais ? T'as une plombe de retard !

– J'ai trois quarts d'heure de retard parce que la fille dont je t'ai parlé est arrivée avec trois quarts d'heure de retard !

– Admettons… La voie est libre ?

– Oui ! La vieille est dans la cuisine, en train de prendre le repas que je lui ai préparé. Ensuite, elles vont s'installer dans la chambre. Tous les mercredis, elles s'installent dans la chambre au bout du couloir. C'est assez loin du salon. Tu te rappelles le plan que je t'ai dessiné ?

– Bien sûr !

– J'ai laissé la fenêtre de la chambre du premier entrouverte, comme convenu. N'oublie pas de la refermer en sortant.

– Et pour l'alarme ? Tu es sûre de toi ?

– La vieille la branche quelques minutes après le départ de la fille, vers 20h45. Tu ne risques rien si tu n'es plus dans la maison à ce moment-là. Après, il te sera impossible d'en sortir sans ameuter le quartier. Tu dois être discret et opérer pendant qu'elles sont dans la chambre au rez-de-chaussée. La gamine sera la seule suspectée. Par contre, dès que tu as récupéré ce que tu sais, tu ressors tout de suite et il n'y aura pas de problème !

– Pour qui tu me prends ? Il n'y aura aucun problème.

– Tu as effacé la photo de ton portable ?

– Arrête, je ne suis pas une brèle ! Bien sûr que je l'ai effacée, il y a un moment.

– Maintenant tu fais attention de ne pas te pointer là-bas avant quinze ou vingt minutes ! Tu te rappelles pourquoi ?

– Ton alibi ! soupire Ludo. Je sais…

– Le temps qu'elles aillent dans la piaule et aussi le temps de mon alibi.

– Et tu es où, là ?

– Dans une cabine téléphonique. Au cas où les flics m'interrogeraient et ausculteraient la mémoire de mes appels avec mon portable. Je file chez le coiffeur, dans la galerie marchande des Caroubes. J'en ai pour au minimum deux heures. Il y aura au moins six ou sept personnes pour témoigner de ma présence dans ce salon au moment où tu seras dans celui de la vieille.

– Et la tune ?

– Fais ce que tu as à faire, et tu toucheras ta part aussitôt qu'on m'aura payée.

– J'ai pas envie d'attendre une éternité, Betty !

– Tu réclames ton dû avant d'avoir fait ton travail, Ludo. Chaque chose en son temps. À demain !

Elle raccroche sans rien ajouter.

Ludovic a la désagréable impression que Betty est le chef, et lui le petit exécutant. Il déteste ça. Un jour, il sera le patron.

Il commande un quatrième café et pianote sur le clavier de son portable. Il affiche la photo que Betty a prise de la toile accrochée dans le salon de la vieille dame. Il observe une dernière fois cette peinture aux douze cercles colorés, alignés dans des carrés au ton fauve. On dirait le dessin d'un môme de maternelle.

Ça vaut si cher que ça, une croûte pareille ? Il y a des collectionneurs qui ne savent vraiment pas quoi faire de leur fric ! Lui, il saura !

Il efface la photo ainsi que le dernier appel reçu de la mémoire de son appareil, avale en une bouchée l'amande chocolatée qui accompagne le café que le patron a déposé devant lui. Il pousse un profond soupir et attrape son blouson posé sur la banquette de la brasserie.

Une gamine et une vieille peau dans une grande baraque pleine de trésors, ce serait idiot de bâcler. Et s'il doit changer le plan convenu avec « tata », il n'hésitera pas un instant. Il est seul juge. Non mais, pour qui elle le prend, Betty ? Manquerait plus qu'elle lui arrange le col et lui mouche le nez...

Allez, du calme, c'est juste un nouveau palier à atteindre. Une mission simple et juteuse. La maison est à un quart d'heure dans la Clio pourrie qu'il a empruntée pour la soirée à son pote Pabi. Encore un perdant qui gobe n'importe quoi, celui-là. Pas un prince, comme lui.

Un quart d'heure, autant dire une broutille.

Rire ou pleurer ?

– Je t'en prie, Soledad, laisse-moi croire que c'est à mon intention que tu t'es fait une aussi jolie coiffure. Pour moi ou alors… pour un garçon… Laisse-moi imaginer que c'est *à cause* de cette coiffure ou *grâce* à ce garçon que tu arrives en retard.

J'ai détesté le sourire malicieux qui se dessinait sur son visage. J'ai pensé que je n'aurais pas dû venir.

– Il n'y a pas de garçon ! ai-je répliqué d'un ton sec.

– Donc, c'est bien ce que je supposais. Tout ça, c'est pour moi ! Tes jolies bottes aussi, c'est pour moi ! Et ce décolleté profond et ce maquillage… tu me gâtes ce soir, Soledad, je suis touchée, sincèrement, je suis très touchée...

Ce n'est pas parce que ses articulations la tiraillaient ni parce qu'elle pouvait poser quatre-vingt-trois bougies sur son gâteau d'anniversaire que Florence Camplong était sénile ou incapable de sentir les choses. Son énervant sourire en disait plus long que des kilomètres de discours.

Elle a continué à manger. La radio, sur une étagère derrière elle, diffusait des infos à peine audibles. J'ai laissé le silence s'installer et m'accorder un peu de répit. Il n'a pas duré.

– Toi, tu as pleuré, a-t-elle murmuré, l'air de rien, en poussant, à l'aide d'un morceau de pain, la dernière rondelle de carotte d'une potée que lui avait préparée la femme de ménage.

Les légumes embaumaient la cuisine. Assise au bout de la grande table en chêne massif, à sa place habituelle, la vieille dame, dans sa robe de chambre carmin, ressemblait à un petit oiseau perdu au bout d'un terrain de basket. De temps en temps, en jouant les innocentes, elle levait le nez vers moi pour guetter mes réactions.

J'avais toujours eu un mal fou à résister à ce regard vert pâle et si perçant.

– Je n'ai pas pleuré. J'ai les yeux rouges à cause du froid ! ai-je dit en jouant nerveusement avec la bandoulière de mon sac posé sur une chaise devant moi.

– C'est ça, oui… Je comprends… Et moi, tu vois, si je suis voûtée, là, devant toi, ce n'est pas à cause de mon âge ou de l'arthrose, c'est juste parce que comme je m'ennuyais cet après-midi, j'ai décidé de creuser une piscine dans le jardin… Rien d'autre !

– Ça va, ça va…

– Le froid ? Belle excuse, jeune fille. Tu n'as pas pris froid aux jambes avec une jupe aussi courte ? Non, ce sont simplement tes yeux qui ont pris les coups de vent. Soledad, voyons… Assieds-toi !

– Vous me cherchez ou quoi ? C'est parce que je suis en retard ? J'ai appelé et je me suis excusée. Je viens de me farcir toute la traversée de la ville. Et puis qu'est-ce qu'elle a, ma jupe ?

J'avais attaqué un peu fort, mais j'étais à cran. Les deux heures gâchées en compagnie d'Arto me déchiraient encore le cœur. Il n'en fallait pas beaucoup plus pour que je m'effondre, là, en larmes, entre sa potée de légumes et ses étagères impeccablement rangées.

– Je ne te cherche pas, je t'attendais, Soledad ! Et je te remercie d'être venue. Je ne te taquine pas, je m'inquiète en regardant tes yeux rougis, c'est tout, je m'inquiète.

– Ça n'en vaut pas la peine, madame Florence ! Tout va bien !

– Soledad, je ne te crois pas un instant ! Tu sais à quel point j'aime que tu viennes me voir. Si tu m'enlevais cela, qu'est-ce qui me resterait ? La télé et la sieste l'après-midi et des nuits d'insomnie ? La lecture, à l'aide de loupes lumineuses ? Je préfère mille fois le son de ta voix et ta présence ! Les visites de quelques amies ? Quand elles ont arrêté de se plaindre de leur santé et de l'incompétence de leurs médecins, c'est qu'elles sont déjà parties au cimetière... Tu me tiens compagnie, seulement ce soir, j'ai l'impression que ce n'est pas moi la plus à plaindre. Laisse-moi te dire que je la trouve très jolie, ta jupe. Elle met parfaitement en valeur tes jambes !

J'ai haussé les épaules pour me donner contenance, mais je l'écoutais avec attention. Elle a fait mine de ne pas s'en apercevoir.

– Tu as bien raison de les montrer. Il y a tant de jeunes filles de ton âge qui se contentent de porter le même jogging que leurs cousins ou leurs grands frères... La seule chose que j'espère, c'est que les garçons soient capables de remarquer tes jupes, tes jambes, ta coiffure, tes efforts...

– Même pas !

C'est sorti tout seul, presque malgré moi, comme un cri de rage autant que de désespoir. Cela ne lui a pas échappé.

– Soledad, il ne t'aime pas, ou il n'a pas su te le dire ? Attention, ce n'est pas pareil !

– Qui ça ?

– Mais voyons, le garçon pour qui tu t'étais préparée ! Tu me prends pour une vieille demeurée ?

– Madame Florence, je crois que j'aimerais que l'on parle d'autre chose...

Je sentais mon sanglot tapi, prêt à exploser. Je repensais au coup de fil de Rachel, à Emma et à Arto. J'avais eu une bonne demi-heure et deux tramways pour comprendre à quel point je m'étais trompée.

– Changer de sujet ? Mais tu n'as que ce sujet en tête, jeune fille ! Je suis vieille, je n'arrive plus à lire les livres seule, les gens, si ! Je t'assure ! Les gens et particulièrement les jeunes filles qui ressemblent à celle que j'étais à ton âge...

– Finissez votre assiette, ça va être froid. Vous voulez quoi comme dessert ? ai-je demandé en battant en retraite vers le frigo. Un fruit ? Un yaourt ?

Incapable de soutenir l'insistance de son regard, je m'étais plongée dans une inspection minutieuse des tablettes de son réfrigérateur.

– Il y a aussi des compotes à la rhubarbe, ça vous tente ?

– Soledad...

– Ou un reste de salade de fruits, vous en voul...

– Soledad, est-ce que tu aimerais qu'on te parle comme à une petite fille de cinq ans ?

Je me suis retournée vers elle. Son sourire était toujours aussi délicat, pourtant je voyais parfaitement qu'elle m'avait posé une question très sérieuse.

– Je t'interdis de me parler comme à une gamine incapable de comprendre. « Vous voulez que je vous pèle une petite pomme, ou que je vous épluche une petite banane, ou alors plutôt un bon yaourt avec des morceaux de fruit dedans... Mixés les fruits, évidemment, mixés... »

Elle me singeait avec un aplomb incisif, le message était clair.

– Est-ce que, selon toi, la fin de la vie ressemble à son début ?

– Ben, je ne sais pas... Non...

– Je ne supporte pas les gens qui parlent aux vieux comme aux jeunes enfants !

– Excusez-moi, le dessert, c'était juste pour changer de su…

– J'avais compris, mais je ne veux ni dessert ni changer de sujet ! Et surtout, tu ne me parles pas comme si j'étais un bébé ! Tu n'es pas ma baby-sitter, en tout cas je ne te paie pas tes heures ici pour cela !

– Bon, alors, on va dans votre chambre pour la lecture, ai-je proposé en claquant la porte du frigo.

J'allais quitter la cuisine pour interrompre cette conversation qui me mettait si mal à l'aise. Mme Camplong venait de se lever pour déposer son assiette et ses couverts dans l'évier. D'une main ferme, elle avait attrapé sa canne appuyée contre la table. J'ai pensé qu'elle abandonnait son interrogatoire et j'avoue que, malgré moi – je n'étais pas à un paradoxe près –, j'ai ressenti une légère amertume à l'idée qu'elle puisse ainsi clore son enquête. Je me sentais perdue, et le poids de cet après-midi pesait toujours si lourd…

– Non, ce soir, je préfère le salon. Je ne me sens pas fatiguée et je pense que cela sera plus agréable pour nous deux. Et puis, autre chose, je te l'ai déjà demandé, Florence, c'est mieux que madame Florence ! Fais au moins cet effort pour moi !

Lire ou délirer ?

Le salon, nous nous y installions les vendredis soir, jamais les mercredis. C'était un rituel que je n'avais jamais cherché à comprendre. Mme Camplong, comme beaucoup de gens, et pas seulement les personnes âgées, avait ses habitudes, mais ce soir, elle semblait en pleine forme. Le salon ? Après tout, pourquoi pas ? C'était elle qui décidait, et j'aimais beaucoup cet endroit décoré de toiles héritées de son mari, un galeriste célèbre de la capitale.

Chaque couloir, chaque pièce de cette grande baraque, étaient chargés de la mémoire de leur vie de collectionneurs. Des statuettes et des sculptures, des tableaux de styles différents, un vrai musée.

Le salon était selon moi, avec la véranda d'hiver, la pièce la plus agréable de la maison.

Elle m'y précéda en trottinant de son pas de gerbille légèrement voûtée et alla se poser dans son fauteuil Voltaire, pas le plus confortable mais certainement son préféré.

– Soledad…

– Oui, mad… Oui Florence…

– Donne-moi au moins son prénom !

J'ai fait semblant de ne pas comprendre de quoi elle me parlait, mais je n'ai pas pu soutenir plus d'une demi-minute son regard. Il m'impressionnait. Elle n'abandonnait pas. Florence Camplong ne lâchait jamais le morceau.

J'ai hésité un instant, et je me suis lancée comme on plonge du quatre mètres en prenant sa respiration et un peu plus si possible.

– Il n'a pas de prénom, je me suis trompée ! J'avais rendez-vous avec lui, il est arrivé avec plus d'une heure de retard, et il paraît qu'il m'a espionnée pendant tout ce temps…

– Il craignait de te voir, et plus encore de te voir partir… C'est assez simple en fait.

– Non, vous vous trompez ! Je crois plutôt avoir été l'objet d'une farce ou d'une vengeance.

– Tu m'expliques ?

– Il s'appelle Arto. S'il m'avait donné rendez-vous, il avait oublié de me préciser qu'il sortait avec Emma depuis quinze jours, une fille du collège !

– Et Emma ne t'avait rien dit…

– Arrêtez, on se croirait dans *Grey's Anatomy* !

– J'adore cette série !

– À mon avis, Arto et elle m'ont tendu une sorte de piège. Vous vous rendez compte, il a essayé de me kidnapper sur son scooter et m'a embarquée après Moult, à l'autre bout de la ville !

Elle a semblé réfléchir un instant avant de poser un diagnostic assez surprenant pour moi.

– Si un garçon hésite pendant une heure, mais ne supporte pas de voir la fille à qui il a donné rendez-vous s'en aller, et qu'enfin il met tout en branle pour qu'elle ne le quitte plus, c'est… un piège amoureux, Soledad ! Être kidnappée par un garçon de son âge que l'on a tant attendu, c'est plutôt…

– Sauf qu'il sort avec Emma ! Elle et moi, on ne peut pas s'encadrer depuis l'année dernière en quatrième. Encore une histoire de garçons dans une fête. Elle s'imaginait que je tentais de lui piquer son chéri de l'époque… C'était faux !

– Toi, tu l'aimes, cet Arto ? Oui ou non ?

– Je veux qu'un garçon m'aime. Un garçon libre, qui me plaise et à qui je plaise. Un garçon clair ! Arto, c'est une mauvaise pioche !

– Hum, hum... je vois, a-t-elle murmuré en plissant les yeux.

– Vous ne voyez rien du tout ! Vous dites ça parce que ça vous donne de l'importance et pour que je vous en raconte davantage ! Il n'y a rien à raconter ! Je cherche un prince charmant parce que je suis une pauvre gourde de rêveuse romantique qui a une trouille bleue de se retrouver seule quand la majorité de ses copines fricote en couple. Voilà ce que je suis ! J'ai perdu mon après-midi avec un imbécile que je prenais pour un timide et qui m'a joué un sale tour pour plaire à sa nouvelle copine. C'est nul, c'est vide, c'est comme moi !

J'étais épuisée. J'avais parlé avec sincérité. Florence Camplong me fixait toujours avec son imperturbable gourmandise. Je me suis levée du tabouret de piano sur lequel je m'étais assise.

– Voilà, je vous ai tout dit. J'imagine que vous trouvez nul que j'affirme être prête à aimer celui qui voudra de moi, mais c'est comme ça ! Bon, maintenant, je vais chercher le bouquin dans votre chambre. Les histoires d'amour, c'est vachement mieux dans les livres que dans la vie !

– Soledad, reste ici et écoute-moi, s'il te plaît ! Rien, tu m'entends, rien n'est plus merveilleux et plus passionnant que la vie ! Pas même les œuvres de Jane Austen et Carson McCullers réunies.

– Et si j'ajoute Shakespeare et Flaubert ? ai-je grimacé pour endiguer mon émotion, est-ce que ça marche ?

– Tu peux mettre dans la balance la totalité des rayonnages de la médiathèque de la ville, Soledad, aucun roman au monde n'a plus de poids que la vie. C'est la vie qui a du goût, pas les mots qui la racontent.

– Eh bien, moi, je n'ai rien goûté cet après-midi, alors arrêtez de me cuisiner ! Vous n'êtes pas ma mère !

Elle avait tiré sur elle un plaid écossais aux couleurs passées. À côté d'elle, posée contre l'accoudoir, se dressait son indispensable canne. Le sabre laser des Jedis de son âge. Le pommeau en corne blanche ressemblait à une perruche invitée à assister à ma lecture et à mes confidences. Florence aurait pu me jeter dehors, me demander de m'excuser. Je voulais le faire, mais elle m'a devancée.

– Je t'adore d'avoir dit cela, Soledad, a-t-elle murmuré, à mon grand étonnement.

– Je suis désolée, Florence, je ne voulais pas...

– Surtout pas ! Ne change rien, pas un mot. Tu as dit : « Vous n'êtes pas ma mère ! » Qu'est-ce que c'est bon à entendre ! Tu aurais si facilement pu dire : « Vous n'êtes pas ma grand-mère ! » Je t'adore, jeune fille !

Je ne savais pas quoi répondre. Je la sentais sincère et émue. Au coin de son œil émeraude perlait une larme. Florence Camplong fixait le vide ou la cheminée éteinte derrière moi. À quoi pensait-elle ? Peut-être à son fils, foreur de puits de pétrole en Alaska. Elle se plaignait parfois de ne pas le voir plus d'une fois par an, et jamais assez longtemps.

Peut-être pensait-elle à ses deux petits-enfants qu'elle ne recevait pas davantage, qui la reconnaissaient difficilement d'une année sur l'autre et savaient si bien faire sentir à leurs parents à quel point rendre visite à cette vieille dame dans sa « grande maison musée » était une corvée à abréger au plus vite.

– Ça va, Florence ?

Peut-être pensait-elle à la fille qu'elle n'avait jamais eue. Je ne savais pas.

– Cela va très bien, a-t-elle soupiré sans chercher à essuyer la larme qui atteignait l'encoignure de ses lèvres. Le livre n'est pas dans la chambre, il est là, derrière toi. Mais cela irait encore mieux si, en guise de dessert, tu me servais un verre de cognac avant de commencer ta lecture.

– Un cognac, vous êtes sûre ? Vous ne voulez pas plutôt une tisane ?

– Tu te crois où, ici ? Dans une maison de retraite ? Ici, c'est *mon* salon, et pas un de ces endroits où le personnel engueule les pensionnaires s'il retrouve des paquets de gâteaux ou des bouteilles planqués sous leurs matelas.

– Non mais...

– C'est un crime de choisir de mourir en s'accordant de vrais petits plaisirs ? Mon taux de cholestérol, ma fluidité sanguine, mon rythme cardiaque, sont à présent moins importants que les rares bonheurs de l'existence. Moi, au jour du Jugement, je serai parfumée à l'alcool, aux chocolats à la liqueur, pas à la couche-culotte ou à l'éther !

– Vous n'êtes pas en train de mourir...

– J'y songe de plus en plus sérieusement, et quand je n'y songe pas, le miroir de ma salle de bains ou le calendrier des pompiers me le rappellent.

– Mais faire attention, c'est important, non ?

– Beurk, c'est incroyable comme tu es vieille, Soledad ! Et tu prétends être une amoureuse prête à tout ? Vite un cognac !

J'ai encaissé en silence.

– J'ai entendu l'autre jour qu'on avait refusé une cigarette à un condamné à mort aux États-Unis, sous prétexte que la prison où on allait l'exécuter était une zone non-fumeurs. Eh bien ici, c'est zone buveurs de cognac !

Avant de prendre place dans la grande bergère bleue qui lui faisait face, j'ai attrapé le gros bouquin posé sur le guéridon en acajou devant la cheminée. La bouteille d'alcool était dans un coffre sculpté entre son fauteuil et ma banquette, j'ai servi le cognac dans un verre au ventre rebondi et le lui ai tendu.

– Merci…

– Bon, je peux lire maintenant ?

Rester ou monter ?

Nous avions commencé, il y a deux semaines, la lecture du roman d'Anna Gavalda, *Ensemble, c'est tout*. C'est elle qui m'avait envoyée l'acheter dans une librairie après avoir entendu l'interview de son auteure à la radio un matin.

Cette histoire croisée de quatre personnages qui n'avaient aucune raison de se retrouver me bouleversait autant qu'elle.

Plusieurs fois j'avais songé filer à la bibliothèque pour l'emprunter et avancer ma lecture plus rapidement que ne nous le permettaient nos deux séances hebdomadaires. Si je ne l'avais pas fait, c'était pour ne pas la trahir.

Elle aussi, malgré ses difficultés, avait tout le loisir de poursuivre sa lecture en mon absence à l'aide d'une des grosses loupes lumineuses qu'elle possédait. J'étais persuadée que, dans le même souci de loyauté que moi, Florence se l'interdisait. Elle avait choisi ce livre pour nous deux et nous avancions cette lecture, ensemble, c'est tout !

– On y va ? ai-je demandé en ouvrant le pavé sur mes genoux.

– Je trouve que discuter du regard des garçons sur une jolie fille comme toi est plus intéressant ce soir ! a-t-elle déclaré avec une petite moue contrariée, en trempant délicatement ses lèvres dans son cognac.

– Ah non, vous n'allez pas recommencer ! Bon, alors... ai-je annoncé en feuilletant les pages pour retrouver mon signet, on en était à la visite de Philibert à Paulette. Vous vous souvenez ?

– Parler de leur timidité quand ils meurent d'envie que ce soit la fille qui fasse le premier pas, malgré ce qu'on raconte toujours sur les garçons...

J'ai posé le livre ouvert sur mes cuisses et j'ai fixé Florence fermement. Je l'aimais beaucoup, mais là, elle devenait lourde.

– J'ai fait plus que le premier pas, Florence ! Il n'était pas là pour m'embrasser, et quand j'ai pris l'initiative de ce baiser, on aurait juré que je l'obligeais à ingurgiter un médicament. Il n'était pas là non plus pour me susurrer des promesses intenables mais super agréables à entendre, pour me réciter des poésies, même aux vers boiteux, pour me déclarer que j'avais des yeux merveilleux et des jambes magnifiques, ou le contraire...

– Alors, il était là pour quoi ?

– Pour se moquer de moi ! Je vous l'ai expliqué ! Il m'a fait poireauter un max, puis m'a embarquée à perpette pour me laisser en rade. Il y a Emma là-dessous ! Un malade, je vous assure !

– Je n'y crois pas, Soledad !

– La prochaine fois, je vous fais un reportage photo et je vous envoie des textos en temps réel, ça vous ira ?

– L'attitude de cet Arto cache autre chose.

– Eh bien, ça ne me concerne pas ! Moi, je cherche un garçon drôle, clair, libre, qui arrive en avance... Un qui dise les choses, surtout, qui les dise ! Arto, il est aussi beau que mort pour moi !

– Arrête tes bêtises, Soledad ! Mon Hector a mis deux ans avant de me déclarer ce que je savais déjà !

– Ce n'était pas le même siècle, pas le même monde, pas la même chose.

– Premièrement, vous apprendrez, mademoiselle Soledad, que c'est un très agréable moment de séduction et de l'hésitation, celui de la « montée de l'escalier ». Deuxièmement, que ce n'est pas très délicat ce que tu viens de me dire…

– Désolée, mais Arto, franchement, maintenant je m'en moque ! Mon problème, c'est que je reste toujours seule.

– Tu crois trop en ton prénom, Soledad ! Ce n'est pas une fatalité.

– N'empêche que dans les fêtes de mes copines, j'en suis toujours à jouer les lampadaires.

– Soledad/Solaire… Ce doit être pour cela que je te trouve lumineuse…

– C'est malin !

– Je suis certaine qu'avant la fin du printemps tu m'auras annoncé le nom de ton petit ami.

– Le printemps de quelle année ?

– Ne joue pas l'idiote, je ne suis pas éternelle ! Tiens, tu ne sens pas un courant d'air ?

Je l'ai d'abord soupçonnée de chercher à retarder encore le début de ma lecture, mais Florence avait l'air sincère.

– Bettina a fait les poussières au premier étage aujourd'hui. Elle aura probablement mal refermé une fenêtre. Tu veux bien aller voir ?

Je me suis levée à contrecœur, je ne pouvais pas prendre la responsabilité de la faire mourir d'une pneumonie foudroyante avant la fin du bouquin. Enfin… si nous en reprenions la lecture ce soir, parce que, pour l'instant, c'était mal parti.

En passant la porte du salon, dans le grand miroir biseauté qui surplombait le long buffet en marqueterie, je l'ai surprise attrapant en douce la bouteille de cognac pour se resservir. Elle ne perdait pas le nord, ma Florence, ma grand-mère du mercredi et du vendredi qui remplaçait celles que je n'avais pas connues.

– Si vous croyez que je ne vous vois pas pendant que j'ai le dos tourné ! ai-je lancé en ouvrant la porte.

– Et alors, tu veux me dénoncer à mes parents ? Ça m'étonnerait qu'ils te répondent ! a-t-elle gloussé en levant son verre en direction de mon reflet dans la glace.

En attrapant la rampe, j'ai pensé que j'adorerais devenir une vieille dame comme elle. Ne manquait plus que mon Hector. Punaise, deux ans, cela faisait tout de même très long pour « grimper l'escalier ».

J'ai monté le sien en espérant ne pas devoir attendre aussi longtemps.

Regarder ou imaginer ?

Un bruit venu du côté de l'escalier l'a réveillé. Ou alors une illusion de bruit. C'est dingue à quel point une maison vide peut être sonore. Il guette le moindre mouvement autour de lui, en essayant de ne pas trop bouger, mais les bâches en plastique qui lui servent de couverture crissent à chacun de ses mouvements. Au loin, les bruissements du trafic en ville, les cornes des navires dans le port, semblent converger vers lui.

Dimitri ausculte sa tanière, prêt à sauter par la fenêtre, au cas où… Il a toujours été prêt à déguerpir. Question d'habitude ! Il finit par comprendre que ce n'est que la maison qui craque et lui qui a peur, tout simplement.

Mauvais trip !

Il ne va pas rester là, ni deux semaines ni même deux jours.

Se carapater le matin avant l'arrivée des ouvriers et revenir le soir, dans ce trou sans eau et sans électricité ? On a vu mieux comme plan ! Cette grande maison en chantier n'est qu'une planque minable pour le voleur minable qu'il est devenu. Une planque valable pour cette nuit, pas davantage.

Oui, mais après ?

Il ne s'est pas assoupi bien longtemps et il est déjà en sueur, malgré le froid qui descend avec la nuit qui s'installe. Il n'y a pas de repos pour celui qui vit sur le qui-vive.

Il a sorti son portefeuille de la poche arrière de son pantalon et commence à compter son argent. Il aligne méticuleusement entre ses jambes les billets de cinquante à cinq euros et les pièces. Cinq cent quatre-vingt-douze euros et quatre-vingt-sept centimes. Pas moins, mais rien de plus.

Avec cela, il tiendra un mois, pas davantage, en admettant qu'il réussisse à se nourrir dans les supermarchés. En admettant aussi qu'il continue ses petites combines et ses vols à l'étalage. Seulement ce n'est pas gagné. Les vigiles le connaissent et malgré ses techniques d'approche aguerries et discrètes, il est facilement repéré à l'entrée des centres commerciaux de l'agglomération. Qui veut manger à l'œil mange froid et sec dans les rayons biscuits et fruits et légumes, à même l'étagère ou en se planquant dans les allées les moins fréquentées ou les cabines d'essayage.

Savoir détaler, toujours détaler, devoir guetter, les caméras, les surveillants déguisés en clients. Guetter aussi le changement de service des vigiles pour éviter ceux qui le connaissent, et espérer franchir les portillons d'entrée au nez de ceux qui n'ont pas encore mémorisé sa tête.

Jusqu'à quand cette vie de taupe ?

Jusqu'au bout de sa fortune, un peu moins de six cents euros ?

Il range son argent aussi soigneusement qu'il vient de le compter et garde son portefeuille, là, entre ses jambes. On se réconforte comme on peut quand la nuit enveloppe le monde et que l'angoisse se fait plus grande.

Il s'allonge dans ses plastiques, les yeux rivés sur la maison voisine où brillent les lumières des pièces du rez-de-chaussée.

Il se redresse aussitôt. Un monstre s'est posé à deux mètres, sur le rebord en ciment de la fenêtre. Un hibou au pelage sombre et aux yeux gigantesques. Dimitri, passé son effroi, tente de ne plus bouger d'un millimètre pour que l'oiseau reste.

C'est la première fois qu'il voit un rapace, en vrai. Un hibou ou une chouette, il ne sait pas s'il y a une différence.

L'oiseau scrute l'adolescent en roulant ses grands yeux cuivrés. Il semble évaluer ce cloporte tapi dans ses plastiques, jauger le danger. Juste pour qu'il lui tienne encore compagnie, Dimitri aimerait avoir quelque chose à lui lancer à manger, lui qui n'a rien avalé hormis deux paquets de Pim's à l'orange dans les allées d'Auchan ce midi. Mais l'oiseau de nuit, aussi vite, aussi délicatement qu'il s'est posé, malgré sa taille et son allure de ballot, ouvre ses ailes et s'envole vers la ramure des arbres sombres des jardins. L'apparition n'a pas duré plus de deux minutes.

Déçu et jaloux de cette liberté, Dimitri s'allonge à nouveau, la tête tournée vers le jardin, au cas où le rapace ait la bonne idée de revenir. Il reste ainsi les yeux ouverts sur la maison d'en face.

Comment dormir quand les idées bouillonnent dans sa tête ? Pas seulement à cause du hibou ou de son échec chez *Sono Sound and Games*, mais à cause de la fille aux bottes roses qu'il se souvient avoir entraperçue tout à l'heure alors qu'elle entrait dans la superbe maison.

Une baraque comme celle où habite cette jeune fille, il n'en possédera jamais. Ce genre de palais, c'est pour les autres ou pour les clowns de la Star Ac', pas pour lui.

Les éducateurs du Centre ont déjà faxé son signalement aux patrouilles de police qui veillent sur la ville. Autant rester ici, planqué comme un rat, plutôt que d'errer dans les rues et de s'angoisser à chaque passage de voitures.

Demain matin, il décidera.

Et ce type, là, qui arrive en douce dans le jardin d'en face, qui cela peut-il être ? Probablement le fils aîné de la famille. Si la jolie fille de tout à l'heure, sa sœur sans doute, semblait avoir quinze ou seize ans comme lui, ce type doit avoir une vingtaine d'années. Il ne doit pas avoir qu'une seule paire de pompes dans la penderie de sa grande chambre, celui-là, rumine Dimitri avec amertume.

Pas difficile d'inventer à quoi ressemble la vie des chaloufs qui crèchent là ! Papa est notaire, chirurgien ou patron d'une entreprise de négoce sur les quais de la Saponne ; ouais, ça se tient... Maman claque le blé qu'il gagne en fringues de luxe. Elle mange au resto, même le midi avec ses copines, reçoit ses invités dans son vaste salon le vendredi soir et le samedi soir, du moins quand elle ne file pas avec monsieur dans leur autre maison sur la côte, à cinquante kilomètres. Et l'hiver, au ski, bien sûr. Quand elle fait les soldes, c'est à la capitale, où elle en profite pour rester quelques jours.

Bottes roses va au collège. Elle change de petit copain tous les mois, voire plus souvent. Pour l'avenir, elle hésite entre les Beaux-Arts et l'école d'orthophonie. Elle ne sait pas encore. « Tu as le temps, réussis d'abord ton bac, après tu pourrais passer une année aux États-Unis ou découvrir le monde. Ensuite seulement tu choisiras, ma chérie ! » la rassure son père en la couvant d'un regard serein. « Oui, c'est vrai... mais une artiste dans la famille, ce serait tellement chou ! » acquiesce sa mère en essayant de se la jouer complice avec sa fifille et en embrayant sur la magnifique exposition qu'elle a vue l'autre semaine dans un musée à Paris.

Pour le fils, ce n'est pas plus difficile à deviner, continue de broder Dimitri.

Il a déjà sa voiture.

Tiens, c'est marrant, il ne l'a pas garée dans l'allée quand il est arrivé tout à l'heure...

Il a raté sa première année de médecine, à moins qu'il se soit inscrit en droit ou dans une école de commerce. Il sera dans les affaires, ou procureur, ou juge, mais pas pour enfants.

Lui aussi collectionne les conquêtes, et même s'il ne l'a pas vu de face, Dimitri en est certain, ce bâtard de bourgeois a la gueule, le blé et la bénédiction de ses parents pour tout ce qu'il entreprend. Oui, une école de commerce, pour reprendre l'entreprise de papa.

La voie est tracée pour eux : une autoroute à péages. Mais qu'importe, ils ont les moyens de payer et de ne pas tomber en panne.

Ça leur dure combien de temps six cents euros ? Une semaine ? Tu parles, un jour ou deux, oui ! Alors que lui, songe encore Dimitri, le ventre plaqué sur le béton glacé, n'a jamais eu droit qu'à des chemins creux bourrés d'ornières, et qu'il a pété le moteur au bout de quelques kilomètres à peine.

Le bâtard, c'est lui, pas ce type qui rentre le soir chez son papa et sa maman. Ou sa sœur.

Pour eux, tout est tracé ! Tout est clair ! Pour eux, l'avenir possède la couleur des bottes de la fille. Alors que pour lui : rien !

Tout n'est peut-être pas aussi clair…

Qu'est-ce qu'il fout à contourner la maison, le mec ? Pourquoi ne passe-t-il pas par la porte d'entrée pour rentrer chez lui ?

Ça le perturbe, Dimitri, que les choses ne soient pas conformes au film qu'il vient de dérouler.

Et si ce n'était pas le fils de la maison ? Et si c'était un raté comme lui ?

Sinon, pourquoi s'accrocherait-il ainsi à la gouttière ?

Bien sûr que non, il n'a pas oublié ses clés. Si c'était le cas il sonnerait. Personne ne dort à cette heure-ci et il a bien remarqué que c'était allumé au rez-de-chaussée. Il n'enjamberait pas de la sorte le garde-corps de la fenêtre du premier…

Dimitri s'est redressé et observe. Il a l'impression de se voir tandis qu'il scrute cette silhouette furtive.

Ce n'est pas le chéri de Bottes roses qui la rejoint en douce parce que les parents ne veulent pas de ce zèbre pour leur gazelle.

Non, sinon, Juliette se serait postée à la fenêtre pour récupérer son Roméo. Ou au moins pour lui signaler que la voie était libre. D'ailleurs, les garçons amoureux n'enfilent pas des cagoules noires et des gants quand ils montent retrouver leurs copines.

C'est la première fois qu'il a l'occasion d'assister à un cambriolage en direct ! D'habitude, il n'est pas dans la salle, mais sur la scène.

Va essayer de dormir avec ça sous les yeux et dans la tête ! Il aimerait tant que le hibou ou la chouette revienne lui tenir compagnie.

C'est vrai qu'elle n'a rien de très chouette sa vie, songe-t-il sans sourire à ce mauvais trait d'esprit. Pourtant la vision de ce rapace, c'est la seule chose agréable qui lui soit arrivée aujourd'hui.

Il en oublie même le froid qui s'engouffre par les ouvertures sans fenêtres.

Crier ou se taire?

Je venais de traverser le couloir, il y avait effectivement une fenêtre ouverte. Celle de la dernière chambre. Mme Camplong avait bien senti l'air frais du soir qui remontait du fleuve jusque sur les hauteurs de la colline, moi je ne m'en suis rendu compte qu'une fois devant la porte de la chambre. Je n'ai pas senti que le froid. Ma main a eu à peine le temps de pousser la porte qu'une autre main, immense celle-là, s'est posée sur ma bouche. Un bras puissant comme un étau a enserré mon visage.

– Bouge pas ! Compris ? a soufflé le géant à mon oreille, m'emprisonnant contre lui.

J'ai espéré de toutes mes forces qu'il s'agisse du fils de Florence, débarqué à l'improviste d'Anchorage. J'ai espéré cela sans y croire plus d'une fraction de seconde.

– Un mot et je tire ! a-t-il murmuré encore.

On n'a pas le temps de réviser sa prière en moins d'une seconde. Le canon que l'homme avait vissé sur ma tempe et qu'il enfonçait trop fort n'avait rien d'un jouet.

Il puait le tabac et montait en même temps de lui un parfum d'after-shave qui pouvait aussi bien évoquer les désodorisants pour les toilettes. Je me suis contentée de ciller pour lui faire comprendre que j'avais saisi la menace.

– Un seul faux mouvement, un seul… et je t'explose la tronche ! a-t-il prévenu comme s'il n'avait pas perçu l'angoisse dans mes yeux exorbités.

J'ai hoché la tête comme j'ai pu et, tout doucement, au bout d'une éternité, comme s'il profitait toujours du contact de son avant-bras sur ma poitrine, il a enfin relâché son étreinte. Il m'a obligée à me retourner en maintenant le canon de son arme sur ma tempe. Je voyais sa main noire immense qui se confondait avec l'arme, le gras de son index engagé contre la détente. L'acier de l'arme brûlait ma peau, et mon sang battant à mille à l'heure sonnait dans toute ma boîte crânienne. Je cherchais de l'air pour respirer, mais je n'étais plus que terreur.

Nous nous faisions face à présent. Il était bien plus grand que moi et portait des gants fins en soie noire et une cagoule de motard de la même couleur dans laquelle trois trous, pour les yeux et la bouche, étaient percés. Il ressemblait à un hibou monstrueux aux yeux clairs.

Plus je tremblais, terrorisée, plus le canon tapait contre mon visage. Ce contact m'écœurait et le regard glacé de mon agresseur me paniquait.

– Tu veux vivre ou tu préfères laisser la photo de ta jolie gueule dans les pages des faits divers des canards ?

– Je veux vivre… ai-je murmuré d'une voix étouffée par les sanglots.

– Alors voilà, on va sortir de cette pièce, tranquillement, tous les deux, et on va descendre voir la mémé. Elle est en bas, la vieille ? Dans sa chambre ?

– Dans le salon…

– C'est justement là que je vais. Je t'avertis, au cas où tu souhaiterais jouer les héroïnes, je tire très vite et plutôt très bien.

J'ai hoché la tête en tremblant.

– Réfléchis à chaque pas, quand on va descendre. À moins que tu veuilles choisir tout de suite la couleur des roues du fauteuil roulant dans lequel tu pourrais finir tes jours. Ou mieux, les fleurs à déposer sur ton cercueil…

J'ai asquiescé aussi délicatement que j'ai pu. Tout mon corps était agité de soubresauts que je n'arrivais plus à calmer.

Doucement, il a éloigné le canon de ma tempe, sans me lâcher. D'un geste lascif, il a passé l'extrémité de l'arme devant mes yeux, mes lèvres. Je respirais avec tant de difficultés.

– Vous allez la tuer, ai-je murmuré après avoir repris mon souffle.

– De quoi tu me parles ?

– Si madame Camplong nous voit descendre ensemble, vous armé, avec moi, vous allez lui provoquer un arrêt cardiaque.

– Mais tu sais que c'est une excellente idée, ça ? Beauté, c'est génial, je trouve que t'es une complice très précieuse, toi ! a-t-il souri en attrapant mon épaule avec une force inouïe.

Il a serré, serré, et mes larmes ont redoublé. Il pensait ce qu'il venait de dire, il le pensait vraiment !

Des frimeurs qui en rajoutent des tonnes pour épater les filles au collège, j'en croise des régiments sous les préaux, mais lui n'était plus un collégien depuis longtemps, et le ton de sa voix ne laissait aucun doute, il envisageait réellement avec plaisir ce qu'il venait d'évoquer. Plus que la puissance de sa main, bien davantage que la menace de son arme, c'est cela qui m'a plongée dans une terreur absolue.

– Avance ! Et n'oublie pas ce que je t'ai dit.

Son arme s'est collée dans le creux de mes reins, et il m'a fait sortir de la pièce et avancer à pas feutrés dans le couloir. Les condamnés à mort que l'on mène au peloton d'exécution doivent vivre le même sentiment désespéré que celui que j'éprouvais à cet instant.

– Soledad ? a appelé Florence depuis le salon. Hou, hou, Soledad ? Qu'est-ce que tu fabriques ?

Il a à peine ralenti notre progression sur les premières marches de l'escalier.

– Soledad ? J'aime bien comme prénom, c'est joli, ça chante ! m'a craché son haleine fétide de fumeur.

Pour murmurer à mon oreille, il s'était collé contre moi. Trop collé !

J'avais peur, envie de mourir, de griffer sa cagoule de pervers, de crever ses yeux si clairs. Je ne voulais pas qu'il me touche. Son arme me faisait moins mal que le contact de son corps sur le mien. Jamais je n'avais ressenti une honte et une haine aussi violentes. Je n'étais qu'une petite fille perdue entre les mains d'un ogre au masque noir et au regard azur. Je voulais qu'il arrête de me toucher, qu'il disparaisse, qu'il se taise, qu'il n'ait jamais existé.

– Ne réponds pas ! On va lui faire une petite surprise, à la mamie, ce sera tellement plus drôle !

Il allait la tuer, j'en étais sûre, et sans le vouloir, je serais sa complice, comme il l'avait évoqué en ricanant quelques instants auparavant.

Et après c'est moi qu'il tuerait, ou avant, ou en même temps, quelle importance cela pouvait-il bien avoir ?

– J'arrive, Pascaline, j'arrive ! Ne vous inquiétez pas, j'arrive, Pascaline ! ai-je crié très fort avant d'arriver en bas de l'escalier.

– Salope ! Je t'avais dit de la fermer ! Espèce de salope ! a fait l'homme en vrillant son flingue dans ma colonne vertébrale, tu vas me le payer, je te jure que tu me le paieras cher ! a-t-il fulminé en me poussant sur les dernières marches.

Si j'avais changé le prénom de Florence Camplong, c'était en espérant qu'une première surprise atténuerait la seconde beaucoup plus violente qui l'attendait. Je n'avais trouvé que cela pour qu'elle sente que quelque chose clochait. Malgré ce petit stratagème ridicule, quand nous avons surgi sous ses yeux, mon agresseur et moi, la stupeur de Florence a été totale.

D'une puissante ruade, le type m'a envoyée bouler sur la bergère bleue, non loin de la cheminée.

– Mais qui êtes-vous, monsieur? Qui vous a permis?

Elle avait attrapé sa canne maladroitement et s'était redressée face à l'intrus. D'une seule main, sans le moindre ménagement, il l'a repoussée dans son fauteuil.

– Toi, la vieille, tu bouges un seul cheveu blanc et je te scalpe!

– Je vous ai demandé ce que vous fichiez chez moi! a-t-elle réitéré après avoir rebondi dans le Voltaire.

– T'as pas compris? Tu préfères que je te répande style puzzle sur ton tapis, mémé?

Dans n'importe quelle autre situation, je suis certaine que Florence aurait répliqué en brandissant nerveusement sa canne que non seulement elle lui interdisait de la tutoyer, que ce genre de langage était interdit dans son univers, mais que si elle se faisait faire une teinture au moins une fois par mois, ce n'était certainement pas pour entendre parler de ses cheveux blancs. Et surtout pas par un inconnu sans la moindre éducation.

Seulement, l'humeur n'était ni à la répartie ni aux manières délicates. Le monde venait de basculer. Un fauve était entré dans son univers si douillet, rempli de souvenirs, aux murs tapissés de tableaux et à la bibliothèque pleine de livres reliés cuir pleine peau. Il n'était plus question de faire preuve d'esprit, seulement de se protéger. L'homme brandissait nerveusement son arme et s'approchait de Florence qui le toisait sans ciller.

– Elle a compris, je vous jure, elle a compris ! ai-je crié pour qu'il cesse de la menacer.

– Tant mieux pour vous, les filles ! a-t-il craché en se retournant vers moi.

Est-ce qu'on ressent la même terreur de mourir à quatre-vingt-trois ans qu'à quinze ans ? Je ne sais pas.

Florence continuait à fixer l'inconnu. Peut-être tentait-elle d'évaluer la situation. D'un coup d'œil rapide, il a fait le tour du salon. Il a arrêté son inspection des trésors qui l'entouraient en voyant le tableau accroché à droite de la cheminée, derrière moi. Le Kandinsky aux douze cercles m'avait toujours évoqué une grande vignette de bande dessinée un peu psychédélique. Cette toile ne ressemblait pas aux autres tellement plus classiques qui ornaient cette maison. C'était, je crois, la pièce la plus rare et sans doute la plus précieuse dans cette maison de collectionneur. Florence a saisi aussi parfaitement que moi le coup d'œil satisfait de notre agresseur. Elle n'a rien dit sur le moment.

Florence Camplong ne se contentait pas de m'inviter à lui faire la lecture. Elle adorait me raconter des anecdotes au sujet des toiles et des sculptures les plus précieuses ou les plus remarquables qui ornaient son intérieur et qui avaient marqué sa vie et celle de son Hector. C'est elle qui m'avait appris à déchiffrer certaines œuvres, à comprendre la démarche de l'artiste, le sens de son travail. Ce soir, un oiseau de nuit s'approchait de la peinture et ce n'était pas pour un cours d'histoire de l'art.

Après un bref instant de contemplation, il a tenté de décrocher la toile de sa cimaise. En vain. La barre d'acier qui descendait de l'angle du plafond restait accrochée au cadre.

– *Squares with concentric rings* ! Mais ce n'est qu'une des onze études préparatoires de l'artiste, a murmuré Florence comme si elle jouait les guides dans un musée. C'est cette pièce que vous êtes venu chercher ou est-ce vous qui avez un goût tout à fait exceptionnel ? a demandé Florence, d'une voix très calme.

– Ta gueule, la vieille ! Tu répondras si je te pose des questions ! Compris ?

– Comme vous voulez… Mais si je peux me permettre de vous donner une information, sachez que le cadre est scellé dans le mur. La cimaise aussi. Au cas où vous vous demanderiez de quoi je parle, la cimaise, c'est cette barre de cuivre qui descend du plafond, a-t-elle ajouté presque ironique.

– Ferme-la, vieille peau !

– Moi, je disais ça pour vous aider. Plus vite vous emporterez cette toile absolument invendable, plus vite vous nous laisserez tranquilles.

– La ferme !!!

Il était à moins d'un mètre du fauteuil sur lequel j'étais assise et s'acharnait sur le cadre à bout de bras, mais visiblement, il avait peur d'endommager la toile. Il a commencé à balancer des coups de poing tout autour du tableau, pour sonder le mur, de plus en plus fort. J'ai pensé qu'il était capable de découper la cloison autour du cadre pour embarquer le tableau. Ses coups résonnaient dans toute la maison, pourtant il y avait quelque chose de grotesque dans son acharnement.

Au bout d'un instant, Florence a tourné son regard vers moi.

– Ça va, Soledad ?

– Non, ça ne va pas ! Mais alors pas du tout ! ai-je murmuré en essuyant mes larmes.

– Ne t'inquiète pas, ma chérie, ce monsieur a trouvé ce qu'il cherchait… ou du moins ce qu'on lui a probablement demandé de venir chercher. Il va nous laisser tranquilles en emportant son butin, et tout ira bien ensuite.

Elle avait l'air si sincère… Sans doute essayait-elle simplement de nous rassurer. Je me suis accrochée comme j'ai pu à ses mots, tant je me sentais perdue. Cette journée était la pire de ma vie, et pour rien au monde je ne voulais que ce soit la dernière.

Je crois que le type était aussi impressionné que moi par le calme incroyable que manifestait Florence. Il a essayé de se donner une contenance en se retournant brusquement vers nous, toujours avec son arme.

– J'ai dit, ferme-la, l'ancêtre ! T'es sourde comme un pot, ou quoi ? a-t-il beuglé.

Il avait retiré son blouson. Son tee-shirt était trempé. Il transpirait abondamment. L'humidité commençait à dessiner de larges auréoles luisantes sur sa cagoule. Il s'est détourné un bref instant vers le mur pour la relever et s'essuyer avant de la rabattre sur son visage.

– Vous venez de le reconnaître vous-même, avec une si gracieuse délicatesse, je suis vieille ! Vous savez, l'ouïe, à mon âge…

Il a haussé les épaules. Son arme était à présent glissée dans la ceinture de son pantalon. À nouveau, à deux mains, il s'est emparé du cadre et a recommencé à tirer, ses pieds prenant appui sur la tapisserie du mur. Son effort inutile a duré deux ou trois bonnes minutes.

À ce moment-là, j'aurais peut-être pu bondir du siège sur lequel je me morfondais et foncer vers l'entrée de la maison, courir dans la rue, forcer la porte du premier voisin, appeler à l'aide, mes parents, la police... n'importe quel escadron de je ne sais quoi, capable de venir nous sauver. Mais je ne pouvais pas prendre le risque de condamner Florence en l'abandonnant, ne serait-ce qu'un instant, entre les mains de ce fou qui jurait et insultait Kandinsky et le monde entier.

– C'est par là, la cuisine ? a-t-il demandé en soufflant et en désignant la porte du couloir.

Elle donnait sur la pièce où Florence avait dîné et où j'avais laissé mon sac et mon portable.

Comment le savait-il ? Comment avait-il su aussi pour la pièce où se trouvait la toile ? Et précisément celle-ci ? Des tableaux, il y en avait partout dans cette baraque...

Au regard furtif qu'elle m'a lancé, j'ai compris que Florence se posait exactement les mêmes questions.

– C'est effectivement par là, jeune homme ! Vous voulez visiter ? Peut-être prendre une douche ? Vous avez l'air d'avoir du mal avec ce tableau.

Je ne sais où Florence trouvait la force à une pareille ironie. Lui n'a pas apprécié du tout. Il écumait de rage.

– Tu me les casses grave, la vioque ! J'ai soif et j'ai besoin d'outils ! Alors debout, toutes les deux, et n'oubliez pas que j'ai toujours un chargeur plein !

Moi, je n'oubliais pas, je jure que je n'oubliais pas !

Des armes, j'en avais déjà vu des centaines dans des films et j'en avais tenu tout autant dans des missions sur la console de mon frère Gabriel, mais une arme en vrai, braquée sur moi, cela n'avait rien à voir. Personne ne raconte jamais aux spectateurs de cinéma ou aux pousseurs de joysticks le frisson qui laboure le dos, l'aridité qui assèche brusquement la gorge, le tremblement incompressible des mains et la difficulté de mettre un pied devant l'autre quand elle est braquée sur soi. Personne, jamais, pas un reportage, pas un livre, rien !

Florence, par contre, en a rajouté trois tonnes dans sa difficulté à s'extraire de son fauteuil et à attraper sa canne. Elle ne semblait pas aussi inquiète que moi. Était-ce de l'inconscience ? Le bénéfice ou les ravages de l'âge ? Avait-elle compris quelque chose que j'ignorais ? En tout cas, il fallait qu'elle calme sa fierté mal placée, ou elle pouvait faire basculer ce cambriolage dans un carnage abominable.

J'avais une vie à vivre, moi, beaucoup plus longue qu'elle… Enfin, normalement.

Mais plus rien n'était normal ce soir !

Continuer ou changer ?

Il a soif, il a faim, de ses vêtements monte une forte odeur de transpiration et c'est l'angoisse totale.

Le hibou n'est pas revenu. Il aurait tellement aimé revoir ce prince de la nuit se poser en face de lui.

Il n'arrive pas à dormir et ne veut plus se lever parce qu'il pense qu'il a tout raté et pas seulement sa virée chez *Sono Sound and Games*. Bon sang, s'il essaie de faire le point, le bilan est catastrophique.

À quoi servirait de vieillir si c'est pour passer sa vie à être ballotté d'une famille d'accueil à un centre spécialisé ? À se faire courser par des éducateurs ou des assistantes sociales, avant que des vigiles, des policiers en uniforme ou en civil prennent le relais ? Et, au bout de la course, à être pris, comme tous les autres, et vieillir sans s'en apercevoir en se morfondant des mois ou des années dans les neuf maudits mètres carrés d'une cellule lépreuse. Pourrir en compagnie de deux ou trois compagnons d'infortune qui ronfleront des nuits entières – et encore quand ils dormiront –, feront semblant de regarder ailleurs quand il ira s'asseoir sur le trône, jusqu'au jour où ils ne ressentiront plus le besoin de la jouer si discret…

Il n'a que cela dans la tête, Dimitri, ce soir.

Ces choses que lui ont raconté les directeurs des centres, leurs éducateurs, les flics, la juge aussi.

Sur le moment, il avait fait mine de se taper de leur morale et de leurs menaces à la noix. Il avait haussé les épaules, serré les dents, jeté des regards las vers la fenêtre ou le poster plage caraïbe, c'était pour la frime. Il avait parfaitement entendu l'avenir qu'on lui promettait. Les quelques potes qui étaient passés par la zonzon frimaient de la même façon, mais Dimitri savait lire à quel point ils avaient été brisés par leurs incarcérations. Personne ne revenait indemne de l'enfer vers lequel il était en train de descendre.

Voilà pourquoi, ce mercredi soir, Dimitri commence à se demander si sa vie ne devrait pas s'arrêter ici, dans cette maison qui n'existe pas encore. Après tout, pourquoi pas ? Une maison pas finie pour une vie qui n'a jamais vraiment commencé. Allongé là, comme un clochard, dans des plastiques qui transpirent des effluves d'essence de térébenthine et de poussière, le dos contre un sol pas encore carrelé ou parqueté, est-ce que sa vie a des raisons de continuer ?

Il n'a fait que somnoler quelques instants depuis qu'il a aperçu la fille aux bottes roses puis le cambrioleur entrer. Qui sait, ils sont peut-être de mèche ? L'une venant tranquille par-devant, l'autre créant la surprise par-derrière... Ça lui bouffe la tête de rajouter ces questions inutiles à ses cogitations personnelles. Lui, il est seul, il a toujours été seul et il restera toujours ce rat solitaire.

Bon sang, il suffirait de s'endormir une bonne fois pour toutes et de ne plus se réveiller.

Rideau sur une mauvaise pièce et un mauvais casting.

Les ouvriers le découvriraient demain et trop tard. Qui le pleurera ? Personne ! Pas sa mère qu'il ne voit plus, pas son père qui n'a ni visage ni nom... Peut-être la juge, et encore, pas sûr.

Dans sa bagnole, en rentrant chez elle, elle marmonnera un truc du style : « Quel idiot ce Dimitri, je l'avais pourtant prévenu, et pas qu'une fois ! », mais cette pensée fugace se noiera rapidement dans l'océan de ses autres préoccupations du soir. Arrivée chez elle, quand elle retirera peinarde ses grolles de supermarché, elle aura déjà oublié. Quand elle ira dormir, elle sera déjà passée à autre chose, à ces nouveaux cas qui l'attendent dans de gros dossiers cartonnés sur son bureau, dès le lendemain.

Est-ce qu'il est juste un cas ?

Ces montées d'angoisse, il les connaît, Dimitri. Ce sont ces incendies-là qui l'ont poussé à essayer d'étrangler ce gamin dont il a oublié le prénom pour une histoire de place à la cantine. Il ne se souvient pas bien, ni du premier ni des deux ou trois suivants qui ont vite regretté de lui avoir cherché des noises dans la cour, ces bâtards… Cette folie qui l'a exclu de l'école l'a aussi jeté hors de la première famille d'accueil pour avoir tout brisé dans la maison après qu'on lui avait refusé une sortie ciné un samedi après-midi. Mais vraiment tout cassé ! Les flics, appelés en urgence, répétaient ne jamais avoir vu pareil carnage. Dans les familles suivantes, il avait tenu à peine plus longtemps. Un cas, un fauve.

Même les psys avaient fini par reconnaître avec pas mal de difficultés qu'ils ne comprenaient pas ce cas ! Les psys, qu'il insultait sans s'économiser, avaient juste réussi à lui apprendre à calmer ses colères nucléaires, c'était déjà bien, mais aucun n'était allé jusqu'au bout du travail. Les tempêtes étaient devenues des orages, et ses bouffées d'angoisse demeuraient tellement présentes. Lui les sentait sans pouvoir les endiguer. Il était un volcan en sommeil, simplement en sommeil. Et ce soir, tels des lacs de lave couvant sous le cratère, elles explosent dans sa tête. Seulement, pour la première fois de sa vie, Dimitri songe clairement que rien n'a de sens et que tout arrêter peut être une vraie solution à son ratage.

Ah, si le hibou pouvait revenir ! Même un instant fugace. Il aurait plus de force !

Il se fera gauler, un jour ou l'autre. Il le sait. Le prochain vigile courra plus vite et plus longtemps que lui. Bottes roses aussi se fera prendre et, avec elle, le type qu'il a confondu avec le fils de la famille. Tout le monde finit par se faire choper, songe Dimitri en tremblant de froid et de tristesse.

Eux deux ne se feront peut-être pas attraper ce soir, mais une autre fois, dans une autre baraque, pendant une autre combine plus ou moins foireuse. Juste parce qu'ils auront été trop gourmands. Parce que la fille l'aura poussé à tenter plus gros ou que lui aura cherché à l'impressionner davantage.

En tout cas, qu'ils opèrent tranquilles, ce n'est pas lui qui rameutera les keufs ! Là-dessus, Bottes roses et son complice n'ont aucune crainte à avoir. Il n'est ni dans le camp des chiens de garde ni dans celui des vigiles.

Il n'est dans aucun camp, Dimitri, même plus vraiment le sien...

Lui aussi se fera prendre. Ça ne fait pas l'ombre d'un doute. Il n'est devenu ce qu'il est que par rage, par haine et par désespoir, punaise, ce n'était pas si dur à comprendre ! Il sera traîné devant sa juge ou une autre, et le verdict tombera, l'enfonçant un peu plus dans sa tombe.

Purée, dans une tombe à quinze ans et des clopinettes, sans avoir jamais rien vécu. Quelle vie de naze !

La faim lui tiraille le ventre.

Il aurait dû vider plus de paquets de gâteaux chez Auchan.

Il n'y a pas d'issue...

Aucune...

Ou alors, tout faire basculer...

Tout...

« Demain matin, très tôt, je monterai en douce dans un navire quittant le port pour n'importe où ailleurs. Après tout, les grues de chargement sur le quai Hichour sont aussi faciles à escalader que les gouttières des maisons bourgeoises. Quand ils me découvriront, en pleine mer, ils seront bien obligés de m'accepter comme matelot ou comme mousse, ou comme éplucheur de patates, ou comme passeur de serpillière. Je donnerai tout ce que je peux pour me faire accepter. J'arriverai dans des pays où personne ne me connaît, où personne ne me jugera avant de m'avoir donné ma chance. Alors je m'y installerai et je commencerai ma vie. Avec presque six cents euros, ça peut le faire.

Non, on ne recommence pas sa vie, il n'y en a qu'une en stock, alors j'en changerai, de vie. Suffit de dormir ici, une nuit ou juste une partie de la nuit, et surtout de ne pas penser à ce que ce type et sa petite copine sont en train de fabriquer dans la baraque d'en face. Surtout pas ! Sinon, je retombe !

N'importe quel bateau, n'importe quel océan, n'importe quel port... Tout conviendra à condition d'essayer vraiment. N'importe quel endroit qui voudra de moi fera l'affaire ! Demain matin je descendrai au port, demain soir je dormirai en mer ! »

Presque apaisé par cette décision, Dimitri se rallonge, relève le col de son blouson en faux cuir, et essaie de ne plus penser à rien qu'à un ailleurs plus prometteur. Sa faim, sa soif, la lave qui bouillonne, sont toujours là, mais ça ira s'il s'en tient à son idée. Après tout, compter sur un hibou pour trouver la force de réussir n'est pas plus dingue que de continuer dans l'impasse sur laquelle il s'est engagé.

Il faut qu'il y arrive, il le faut absolument et enfin, peut-être, parviendra-t-il à ne plus se détester autant.

Pleurer ou mordre ?

Qu'est-ce qu'il imaginait, ce rapace lamentable ? Trouver une bière dans le frigo d'une octogénaire ? J'ai deviné sa déception quand il a ausculté l'intérieur de l'appareil. Pour boire tranquille au goulot de la bouteille d'eau minérale qu'il a fini par sortir du frigo, il nous a obligées à nous retourner vers le mur de la cuisine. Certainement afin de relever le bas de sa cagoule sans qu'on puisse voir son visage.

Prostrées dans le coin de la pièce le plus éloigné de la porte, nous ne disions pas un mot et attendions qu'il ordonne. Appuyée sur sa canne, Florence souffrait de rester debout et j'ai passé mon bras gauche derrière sa taille pour l'aider. Peut-être aussi pour me sentir moins seule.

– Ce que c'est touchant, comme tableau ! a-t-il ricané dans notre dos.

– Le seul tableau qui vous intéresse, vous savez où il est, jeune homme, alors prenez-le et quittez cette maison ! a répondu Florence, le nez contre la tapisserie de sa cuisine.

– Le seul tableau ? Tu rigoles, mémé, y a plein de choses très intéressantes ici, faut pas se précipiter quand on visite la caverne d'Ali Baba ! Ce serait du gâchis ! Bon, les outils, tu les ranges où ? Dans le garage, je suppose ! Alors, on va trotter au garage, bien gentiment. Vous ne trouvez pas qu'on devient inséparables, nous trois ? Après tout, on a toute la nuit ! C'est à toi, la pouf ?

Au moment où nous nous sommes retournées, j'ai vu qu'il venait de saisir mon sac posé sur une chaise. De la main gauche, il l'a retourné sur la grande table en chêne pour le vider et, à l'aide du canon de son revolver, il a écarté mes affaires. Il a d'abord attrapé mon portable pour le glisser dans la poche de son pantalon.

– T'attends pas d'appels ? Tu comptes pas en donner ? Nickel, je connais pas ce modèle.

Il a ensuite aperçu mon iPod, en a évalué la qualité et la valeur. Il l'a embarqué à son tour. Puis, délaissant mes courriers et mon petit carnet secret, il s'est amusé à éparpiller le tube de rouge à lèvres et celui de mascara, mes crayons de khôl et d'eye-liner, toute la panoplie que j'avais embarquée cet après-midi pour plaire à un garçon qui m'avait trompée.

– C'est bien ce que je disais, un véritable attirail de pouf ! a-t-il ricané avant de saisir mon portefeuille.

Il a sorti ma carte d'identité et l'a examinée avec attention. Le truand prenait des attitudes de flic.

– Soledad Sanson, 25, rue de la Prairie-d'Amont, c'est bien, au cas où... Maintenant, j'ai ton nom et ton adresse, a-t-il ricané.

La carte a rejoint mon portable et mon lecteur dans sa poche.

– Petit souvenir !

Il a terminé d'ausculter mon sac. J'ai pensé à papa qui avait passé un savon carabiné à mon frère Gabriel après l'avoir surpris en train de piquer un billet de cinq euros dans le sac de ma mère. « Jamais ! On ne fouille jamais dans le sac d'une femme ! Tu entends, espèce d'idiot ! Jamais ! De n'importe quelle femme ! Ni celui de ta mère ni celui d'une copine ! Regarder dans le sac d'une femme, c'est le meilleur moyen de devenir malheureux ! » Gabriel avait encaissé l'engueulade, pas les cinq euros. J'avais affirmé que j'étais d'accord avec papa, mais sur le moment, je n'avais pas vraiment compris ce qu'il avait voulu dire.

– Bien, maintenant, j'ai besoin d'une scie à métaux et d'un sac… Je vous suis, mesdames !

Il ne s'est pas contenté d'une imposante pince de force toute rouillée, dénichée dans la boîte à outils et d'un grand sac de voyage qui prenait la poussière sur une étagère. Il a aussi ramassé dans le bric-à-brac du garage une bobine de fil électrique qu'il a déroulée dès que nous sommes revenus au salon.

Il a commencé par moi en me forçant à m'asseoir, le dos contre le radiateur près du vieux piano. Il a saisi ma main droite pour l'enserrer dans un nœud coulant, puis a attrapé la gauche, et les a plaquées sur la fonte chaude. Il a ensuite effectué plusieurs tours avec ce fil de cuivre gainé de plastique afin de les maintenir prisonnières ensemble. Pour finir, il s'est attaqué à mes pieds.

– Vous n'avez pas besoin de prendre tant de précautions ! Décrochez le tableau et fichez le camp de ma maison ! Plus vite ce sera terminé, mieux cela ira pour tout le monde ! a protesté Florence, à qui il avait ordonné de se rasseoir dans son fauteuil Voltaire.

– Comme ça, dès que j'aurai tourné le dos, vous ne galoperez pas vers les téléphones des voisins… Tu me prends pour un naze ? Ferme-la, vieille folle ! Et puis, tu vois…

À présent, ses mains étaient sur mes bottes et remontaient sur mes mollets.

– C'est que je la trouve très attachante, cette petite Soledad !

Il venait de coincer mes pieds l'un contre l'autre avant de les nouer avec un nouveau morceau de fil électrique.

– Très attachante !

Sa main droite s'amusait sur mon genou. Je ne voulais pas qu'il me touche, mais à chaque tentative pour m'extraire de son immonde caresse, le fil trop serré qui m'emprisonnait les mains me sciait les poignets.

– Laissez-moi ! Laissez-moi tranquille ! ai-je supplié. On ne dira rien ! On attendra... On laissera passer du temps pour vous permettre de...

– Tss... tss... Laisse faire l'homme, Soledad !

Je ne voulais pas de ses mains sur mes cuisses. Qu'il vide la maison, mais que ses doigts s'éloignent à des kilomètres de moi ! Je n'ai compris qu'à cet instant-là, au milieu de cet océan de dégoût, à quel point Florence avait raison quand elle m'expliquait préférer mourir parfumée au cognac que puant l'éther. Moi, je préférais mille milliards de fois mourir ici, immédiatement, vide de toute caresse d'amour plutôt que souillée par les mains d'un monstre sans visage.

Je me suis débattue et n'ai réussi qu'à l'amuser et à me meurtrir les poignets.

– Peut-être que tu aimes bien, mais que tu ne le sais pas, Soledad ! a-t-il prétendu. C'est pour moi que tu t'es habillée comme ça ? Ou alors tu te déguises toujours pareil ?

Ne jamais ouvrir le sac d'une dame, ne jamais toucher une fille qui ne le veut pas. Jamais. Papa avait cent fois raison.

– Pauvre minable !

Mon crachat a atterri sur sa cagoule, entre ses yeux. Il a relevé la tête et a approché son visage du mien.

– Tu n'aurais pas dû faire ça !

Sa main gantée appuyait toujours sur ma cuisse, à la lisière de mes chaussettes hautes. Encadrées par la couture de sa cagoule, ses lèvres semblaient démesurées. Elles étaient à dix centimètres de ma bouche.

– Laissez-moi…

Je pleurais, balançais ma tête de gauche à droite comme en transe. Tout me dégoûtait, sa main collée sur ma peau, son haleine de chacal, et moi-même, d'être effleurée par ce dingue.

– Je vous ordonne de la laisser ! a crié Florence.

Elle s'était redressée dans son dos.

L'arme était posée par terre, à côté de la pince et de la bobine de fil électrique. J'ai essayé d'un coup de pied de shooter dedans pour la pousser vers Florence, comme si elle avait été capable de plonger dessus pour la récupérer... Je n'ai réussi qu'à l'envoyer à quelques centimètres contre le montant d'une étagère.

Florence brandissait sa canne, dans une tentative ridicule pour l'assommer, mais elle n'avait aucune chance. Elle était à deux ou trois mètres, cent années-lumière trop loin pour son arthrose et ses huit décennies passées.

À travers le trou de sa cagoule, l'ordure a posé ses lèvres sur les miennes. J'ai serré les dents et fermé les yeux de toutes mes forces. Mes poignets me faisaient atrocement souffrir. Le « baiser » n'a pas duré longtemps, peut-être une ou deux secondes, une éternité pour moi. S'il a retiré ses lèvres si vite c'est sans doute parce qu'il a senti le mouvement de Florence derrière lui. Tel un fauve, il a bondi sur le côté pour récupérer son revolver et s'est redressé.

– Laissez-la ! a répété froidement Florence.

– Tu veux ton baiser aussi, la vieille ? Faut pas trop rêver quand même ! s'est-il moqué en l'attrapant par le bras et en l'envoyant bouler par terre. T'es plus cotée à l'Argus et tu fantasmes sur un petit câlin... N'importe quoi !

Il a ramassé la canne tombée par terre et il est revenu dans ma direction, j'ai cru qu'il voulait la fracasser sur moi, mon cri est resté bloqué dans ma gorge. Trop de larmes, trop de peur et de dégoût. Il l'a brisée en deux sur le radiateur à quelques centimètres de mes mains jointes.

– Je ne te laisse pas tomber, ma puce ! a-t-il gloussé. Je ne t'oublie pas, je t'assure. D'abord le travail, ensuite le câlin. Tu vas adorer ! On a toute la nuit, non ? il a soufflé, visiblement de plus en plus amusé par ma terreur.

En gémissant, hébétée, Florence se redressait. Une bête blessée qui s'accrochait à l'assise de son fauteuil pour trouver ses appuis.

À cet instant, j'ai pensé que je n'en sortirais pas vivante. Ce fou était peut-être entré ici pour voler un tableau. À présent il ne saurait plus s'arrêter, tant sa puissance sur une vieille dame et une pauvre gourde le satisfaisait. Ce n'étaient plus seulement la toile et l'argent qu'il allait en retirer qui l'intéressaient, mais l'immense plaisir de nous tenir si facilement à sa merci.

Il avait découvert à quel point nous étions vulnérables, à quel point il pourrait se servir de tout ce que contenait cette maison, de tout, et de moi comprise.

« Toute la nuit ! » venait-il de décider. Je ne verrais pas le jour se lever s'il essayait de me toucher à nouveau. Je n'avais que cela en tête. Et mes mains collées contre la fonte du radiateur me brûlaient moins que l'horreur à laquelle mon esprit avait tant de mal à se préparer.

Je l'ai à peine vu nouer les poignets de Florence aux accoudoirs du Voltaire, ses chevilles aux pieds du fauteuil, et se diriger armé de sa grosse pince vers le tableau.

Le regard que j'ai lancé à Florence était aussi désespéré que celui qu'elle m'a renvoyé. Jamais je n'avais lu autant de fatigue dans ses yeux. Eux si clairs et si pétillants de malice d'habitude s'étaient profondément enfoncés et semblaient s'éteindre. Je suis certaine que les miens portaient le même deuil. Avions-nous déjà un pied dans la tombe ? J'aurais tant voulu recevoir un réconfort semblable à celui que maman me prodiguait quand, petite fille, je me réveillais en sueur en pleine nuit et qu'elle s'asseyait près de moi pour fredonner : « Ce n'était qu'un cauchemar, Soledad ! Rien d'autre qu'un vilain cauchemar ! Tu penses si je l'ai mis dehors, cet imbécile ! Avec la fessée que je lui ai donnée, tu peux être certaine qu'il n'osera pas revenir. Tu peux te rendormir ma chérie ! »

Même si cela ne marchait pas toujours, j'aimais tellement y croire.

Cette fois-ci, il était bien là, le cauchemar. En chair et en os, en cagoule, enragé, muni d'un outil rouillé et maman ne m'entendait pas pleurer.

Écouter ou chasser ?

Un enfant d'homme pleure quelque part, dans la maison derrière, songe le grand duc sans ciller d'une plume. Le vent d'ouest qui remonte du fleuve est chargé d'un mélange de suif venant de la savonnerie au confluent, de sel qui arrive de l'océan et d'une douce odeur de terre, entêtante. Celle des marais dont il s'est encore éloigné cette nuit.

Les sanglots et les cris de l'enfant d'homme se mêlent aux bruissements des jeunes feuilles des bouleaux et des érables, aux balancements des branches des chênes et des peupliers. Les sons des télévisions allumées dans les maisons alentour enveloppent les appels du gamin.

Des musiques montent également des habitations. Une dispute là-bas, dans la bâtisse aux briques rouges ; les gémissements d'un couple qui fait l'amour dans la maison grise au balcon rouillé ; les crissements des plastiques dont s'est enveloppé le garçon étrange qui n'arrive pas à dormir dans la maison sans portes et sans fenêtres.

Le grand duc avait l'habitude d'y nicher depuis une demi-lune, mais cette nuit, la place était prise et même si le vagabond ne semblait pas lui vouloir de mal quand il l'a observé tout à l'heure, il valait mieux ne prendre aucun risque. La ville n'est pas un territoire aussi facile que les marais où il niche le plus souvent, à dix minutes de vol d'ici.

L'oiseau sait écouter et entendre, mais il ne se disperse pas. Les siens l'attendent et comptent sur lui. Alors, caché dans la ramure du chêne, il attend. Pas que le couple ait terminé ses ébats, ni que les télévisions s'éteignent, pas davantage qu'une mère rassure et console son enfant, non le grand duc n'a qu'un but ce soir, comme tous les soirs depuis que le monde est monde. Il guette, ses yeux ouverts sur une lune décroissante. Il se prépare.

Le jeune vagabond continue de se tourner et se retourner dans ses plastiques, une machine à laver roule son tambour ailleurs, des coups dans un mur résonnent dans la maison à côté où gémit une jeune fille près d'un homme qui grogne et d'une vieille femme qui soupire. La vie des hommes, pense le hibou sans la moindre émotion.

Et puis brusquement l'oiseau ouvre ses serres et tombe comme une pierre de sa branche.

Le mulot le voit fondre sur lui trop tard. Les griffes qui lui déchirent le ventre ne lui laissent aucune chance de salut et il aperçoit, sans comprendre par quel prodige ceci est possible, la terre se dérober sous ses pattes agitées d'un sursaut inutile. Son agonie commence sous les battements d'ailes majestueux de son chasseur.

Avant de sombrer, le rongeur distingue la ramure des arbres qui s'éloigne, les toits de tuile des maisons, un quartier entier dont il n'imaginait pas la taille, le coude du fleuve et les lumières de la ville. Il meurt sous les pinces acérées du grand duc en sentant le parfum entêtant du marais approcher.

Ouvrir ou fermer ?

La barre d'acier de la cimaise a résisté vingt minutes aux mâchoires de la pince coupante, aux coups dans le mur, aux efforts acharnés et aux jurons du fou. Quand le cadre et le tableau ont quitté le mur, il s'est retourné vers nous et, sans doute soulagé, a récupéré le plaid écossais de Florence qui traînait sur le plancher afin d'y enrouler son butin et le fourrer dans le sac de sport.

Il avait chaud, il transpirait. J'ai à nouveau pensé que s'il retirait sa cagoule, si par malheur nous apercevions son visage, ne serait-ce qu'un instant, il serait contraint de nous tuer pour que nous ne puissions pas le décrire aux flics. C'est autant pour cela que par dégoût que j'ai détourné mon regard quand il m'a fixée.

– Fichez le camp maintenant ! Vous avez ce que vous vouliez, fichez le camp ! a murmuré Florence d'une voix d'outre-tombe.

– Partir ? Alors qu'on s'entend si bien tous les trois ? Quand on visite la confiserie, on ne se contente pas des fraises acidulées. Il y a des ours en guimauve ici, des crocos parfumés, des chewing-gums fourrés par là... Il y a trop à déguster dans ta boutique, mamie Nova ! Non seulement je suis gourmand, mais tout ça me donne une dalle pas croyable !

Il avait désigné les nombreux tableaux autour de lui et les statuettes en ivoire rangées sur les étagères de l'argentier.

– Et il y a même la vendeuse, a-t-il ajouté en laissant son regard retomber sur moi. Toute la nuit, j'ai dit !

La simple répétition de cette menace m'a rendue folle d'angoisse. J'ai tiré sur mes liens du plus fort que j'ai pu. Mes poignets étaient devenus bleus sous la césure du fil électrique, et mes mains blanches faute de sang pour les irriguer.

Plus notre terreur était palpable, plus l'autre triomphait. Il a dû se trouver très impressionnant quand il a balancé la pince dans la vitrine du meuble où étaient alignées les statuettes chinoises. Les portes ont volé en éclats et les étagères en verre se sont brisées les unes sur les autres, tandis que les statuettes dégringolaient en bas du meuble.

– Idiot, il suffisait d'ouvrir la porte ! a murmuré Mme Camplong, davantage pour elle-même que pour lui.

– T'aimes pas mes méthodes ? a-t-il craché.

– Je déteste vos méthodes, a-t-elle osé lui rétorquer.

– Facile quand on est née dans des draps de soie et qu'on a jamais manqué de rien. Quand on a toujours vécu dans du style Louis je ne sais pas combien... Facile.

– J'ai vécu dans du style Louis Caisse pendant le premier quart de ma vie ! a répliqué Florence avec une morgue sincère.

Il n'a pas relevé ou compris ce qu'elle voulait lui dire. Il s'affairait dans les débris de verre. Deux des plus gros ivoires s'étaient cassés dans le carnage, mais les autres paraissaient intacts.

Florence semblait épuisée, ses avant-bras n'étaient pas en meilleur état que mes mains. Les épaisses veines sombres qui parcouraient ses mains et ses avant-bras étaient terriblement saillantes. Pourtant elle avait osé tenir tête à notre agresseur. Est-ce cela qui m'a donné la force ? Est-ce parce que le type nous tournait le dos afin de ramasser les ivoires pour les fourrer dans son grand sac ? Est-ce simplement parce que c'était la seule chose à tenter ? Au prix d'une contorsion abominable, j'ai réussi à attraper, avec mes dents, l'extrémité du fil électrique qui maintenait mes mains. J'ai poussé ce fil, millimètre après millimètre, faisant saigner mes gencives, mais qu'importe. J'ai réussi à détendre le dernier tour qu'il avait effectué lorsqu'il m'avait attachée.

Ce n'était pas assez pour me libérer, mais suffisant pour qu'un peu de sang atteigne mes doigts et qu'à force de tractions je relâche un peu ces menottes improvisées.

Il m'aurait fallu davantage de temps pour mieux desserrer ce lien, peut-être le cisailler en le frottant sur l'arête d'un des segments du radiateur. Mais son sac était déjà plein et l'homme a retourné son masque sombre vers nous.

– Madame Camplong, je ne voudrais pas abuser, seulement je crois que je vais avoir besoin d'un autre sac, a-t-il susurré en singeant une révérence maladroite et grotesque. Une valise ferait parfaitement l'affaire. Auriez-vous l'obligeance de m'indiquer à quel endroit je pourrais en trouver une dans votre humble demeure, ou dois-je tout mettre sens dessus dessous ?

J'ai prié pour qu'elle réponde sans le provoquer. Pour qu'elle l'envoie au grenier, loin, le plus loin possible, afin que je desserre encore un peu plus mes menottes.

– Partez ! Vous avez fait assez de mal comme ça ! Partez, vous avez pris bien plus que ce que vous comptiez ! a-t-elle lancé en relevant la tête dans un effort évident.

– Ah bon ? a-t-il craché en balançant un grand coup de pied dans la chaise qui se trouvait devant lui.

Elle s'est fracassée contre le buffet, défonçant une de ses portes. Il était capable de tout casser. Que l'esclave ose tenir tête au maître lui était intolérable. Il a ramassé un des pieds de la chaise et s'est approché de Florence.

Elle, petite porcelaine livide, attachée à son fauteuil, maintenait son regard cloué dans le sien.

– Vous allez me frapper avec cela ? Alors ne ratez pas votre coup, s'il vous plaît !

Elle continuait à le fixer, anéantie, les yeux scintillants de larmes avec une lueur de fierté face à sa folie.

– Tu crois que je n'en suis pas capable ?

– Hélas si, j'en suis sûre ! Seulement, j'ai peur que vous ayez besoin de plusieurs tentatives pour me tuer. Voilà, c'est la seule chose qui m'inquiète. Vous êtes si maladroit, si mal organisé. Un viandard qui improvise mal !

Il a hésité et fini par balancer un énorme coup de gourdin qui est passé à quelques centimètres du crâne de Florence.

– Je te bute quand je veux, et si je veux, la vieille !

Il écumait de rage.

– Arrêtez ! Il y a des sacs en plastique sous l'évier, mais les valises sont en haut, dans la chambre et aussi dans le grenier. Plein de sacs et de valises ! Plein... Arrêtez !

J'avais hurlé le plus fort que j'avais pu, pour qu'il m'entende, pour que toute la ville entende, pour que mon cri stoppe son bras levé au-dessus du visage de Florence.

Sa main est redescendue le long de son corps. J'avais juste gagné un petit sursis.

Je me trompais.

– T'es bien, toi, au moins ! T'es tellement plus coopérante ! Une vraie complice...

Il souriait. Sa main est revenue sur mon visage. Malgré le gant de soie, je la sentais, elle était brûlante. Très douce et tellement immonde.

J'ai voulu mourir. Moi qui aime tant la vie, qui ai toujours rêvé de la caresse d'un garçon, j'ai voulu mourir, là, tout de suite, pour ne plus sentir ces doigts qui effleuraient mes joues et mes cheveux.

– Soledad ! So… le… dad ! s'est-il mis à chantonner. Jolie Soledad !

Qu'il essaie de m'embrasser encore une fois, une seule fois, et j'ouvrirai la bouche pour dévorer la sienne ! Mais non, il s'amusait à pianoter de l'index, autour de mes yeux. Un chat faisant rouler la souris entre ses griffes avant le coup fatal. Un rapace avec sa proie était moins vicieux.

Qu'il approche un instant encore ce doigt de mes lèvres et je le lui coupais d'un seul coup de dents ! La main entière si je pouvais !

– Bettina ne vous a pas dit où se trouvaient les sacs dans cette maison ? Elle vous a indiqué l'emplacement du tableau, celui de la cuisine mais pas celui des sacs et des valises ? C'est étonnant !

La sortie de Florence l'a fait sursauter. Il a éloigné sa main et s'est retourné brusquement vers Florence.

– Qu'est-ce que tu racontes ?

Il avait bondi et se dressait entre nous. Machinalement, il avait attrapé le revolver coincé dans la ceinture de son pantalon. Mais plus rien ne pouvait effrayer Florence.

– Combien cet escroc de Romain Ruiz vous offre-t-il pour le Kandinsky ? Je suis certaine que vous allez vous faire avoir, car je doute qu'il ait donné à Bettina, ou à vous, la valeur exacte de ce tableau. Vous savez, enfin non, vous ne savez sans doute pas, mais c'est un original. Un rare ! Un cher ! Ce sont des mots que vous comprenez, ça ? Rare, cher…

Elle venait de retrouver une véritable force pour interpeller l'homme et interrompre son petit jeu malsain sur mon visage.

– Qu'est-ce que tu déblatères, vieille peau ?

– Il vous offre combien ? Dix mille ? Vingt mille euros ? Oh, à mon avis pas plus ! Pourtant Romain Ruiz est fou de cette toile, si vous saviez les sommes qu'il m'a offertes pour que je la lui cède…

– Je ne connais pas ce type ! a fait l'autre en essayant de cacher son trouble.

C'était déjà une justification.

– Si ce n'est pas avec vous, c'est avec Bettina qu'il traite, a continué Florence avec le même calme froid. Vous savez parfaitement de qui je parle. Elle travaille ici depuis quatre ou cinq mois. Elle ne fait pas que cela d'ailleurs. Elle en profite pour me voler un peu d'argenterie, un joli service de couverts à poisson si vous voulez que je sois précise, et je l'ai aussi surprise à prendre en photo mon tableau avec son téléphone portable, il y a quinze jours. C'était une petite semaine après la dernière visite de Ruiz. Ah oui, excusez-moi, je ne vous ai pas dit combien il m'avait offert pour mon Kandinsky... Ce serait utile que vous le sachiez, si vous deviez négocier avec lui. Parce que je vous assure, le tableau que vous avez décroché est invendable, sauf à Ruiz. Les ivoires, par contre, seront plus aisés à écouler mais attention, qu'on ne vous fasse pas croire que c'est de l'ivoirine, n'est-ce pas ! Ces pièces uniques datent non seulement d'avant l'interdiction du commerce des défenses d'éléphants, mais d'avant la naissance de votre arrière-grand-mère, la pauvre femme... Enfin, je doute qu'un cours sur les dynasties chinoises vous intéresse, quoique, si vous deviez en faire commerce, cela pourrait vous être bénéfique à tout point de vue !

Florence était lancée, rien ne semblait pouvoir l'arrêter. Durant ces quelques minutes, dressée sur son fauteuil de prisonnière, elle avait semblé rajeunir. Elle irradiait la classe totale face à un pauvre type complètement dépassé qui n'avait pas été capable de l'interrompre un seul instant.

– C'est très intéressant, ce que tu racontes... Mais je capte que dalle de tout ce que tu baves ! Je ne connais ni de Ruiz ni de Bettina !

– Vous pouvez toujours essayer de vous en persuader, si cela vous rassure.

– Ta gueule ! J'aime pas ta chanson, vieille peau ! Cherche pas à m'entuber ! Ton refrain me gonfle, et l'air et les paroles !

– Pourtant ma chanson chante juste, et elle vous intéresse. J'en suis certaine !

– Ferme ton clapet, vieille folle ! T'as les neurones qui se dessoudent ! T'es...

Il cherchait l'insulte, en vain. Son arme au bout de sa main qui tressautait semblait animée de la même fureur que lui. Florence avait parlé pour l'éloigner de moi, mais elle avait abattu trop de cartes. Elle redevenait la cible.

– J'aime pas ta chanson ! a-t-il répété en avançant d'un pas vers elle.

Et c'est soudain une autre chanson qui a retenti. Celle de la sonnette d'entrée. Elle l'a fait sursauter autant que nous deux. Elle a immédiatement été relayée par l'appel de mon prénom.

– Soledad ! Soledad !

Quelqu'un existait dehors ! Et nous existions pour quelqu'un à l'extérieur de cette prison !

– Soledad !!!

Une voix qui ne semblait pas craindre de déranger les voisins de Florence Camplong, bien au contraire.

– Au secours ! Au s...

Le peu de force qui me restait, je l'ai placé là, dans mon hurlement. Mais l'homme ne m'a pas donné le temps d'un deuxième cri. En un bond, il a été sur moi, accroupi, et il a soudé le canon de son arme à mon front.

– Un mot, un souffle... et j'appuie! Je tue ta mémé avec la balle suivante. Il y en a douze... Tu veux qu'on vérifie...

Il paniquait, c'était flagrant. Cet appel inattendu, ajouté à ce que Florence lui avait raconté, le plongeait dans un affolement total.

Un sursaut, un faux mouvement, et il appuyait sur la gâchette.

– Tu attends quelqu'un?

Les yeux exorbités, j'ai fait non de la tête.

– Tu meurs en criant ou tu vis en te taisant! À toi de voir! Pareil pour toi, la vieille! a-t-il lancé sans se retourner vers Florence.

La sonnette s'impatientait toujours et semblait rebondir sur chaque boiserie, entre chaque pièce de la maison.

– Personne ne bouge! a-t-il ordonné, en entrebâillant le double-rideau.

Son arme est restée trop proche de mon visage pour que je tente quoi que ce soit.

– Soledad? Soledad? insistait la voix dehors.

Au-dessus de moi, l'homme se trémoussait pour apercevoir qui se trouvait sur le perron. Cette voix ne me disait rien, mais elle était la seule chose vivante et saine à laquelle Florence et moi pouvions nous accrocher.

Au bout de quelques minutes, notre bourreau s'est redressé en soufflant :

– Purée, c'est pas vrai, je rêve ! Qu'est-ce qu'il fout là, ce petit con ?

Il a traversé la pièce d'un pas rapide pour gagner l'entrée et, juste avant de sortir du salon, il s'est retourné vers moi en désignant le jardin. Il ricanait.

– Tu peux crier tout ce que tu veux, Soledad, ce n'est certainement pas celui-là qui osera se mettre en travers de ma route !

Rester ou partir ?

Ne pas bouger !

Ne pas y aller !

C'est pas sa vie !

Faire semblant de ne rien avoir entendu…

Défense d'ivoire et d'y aller voir !

Pour changer sa vie, il ne faut pas s'encombrer de celle d'autrui.

Mais franchement, ce soir, pour Dimitri, il est difficile de jouer les aveugles et les sourds.

Déjà le type avec sa cagoule tout à l'heure, Bottes roses un peu avant, et puis les bruits de verre cassé, ce cri aussi, et maintenant ce nouvel arrivant qui s'échine sur la sonnette en beuglant…

Ils ont de drôles de plans, les trois du gang qui s'attaquent à cette baraque ce soir. Vont finir par se faire choper comme des nazes. C'est sûr, ça leur pend au nez, parce que question discrétion, ils la jouent en cadets, limite poussins.

Mais ce ne sont pas ses affaires !

Lui, il faut qu'il réussisse à pioncer un chouïa et qu'il se tire, c'est tout !

Faire couler un océan entre sa vie d'ici et celle d'ailleurs. Une vie neuve, clean et de toute façon meilleure. Voilà le seul vrai plan qui compte !

Les autres, c'est pas ses oignons…

Il a eu assez d'ennuis comme ça depuis quinze jours. Ce serait nul de tout gâcher à quelques heures du grand départ.

C'est pas ses oignons ! Pas ses oignons…

Il essaie de se pelotonner un peu plus contre le mur et de ne plus penser qu'au cargo sur lequel il embarquera dans quelques heures. Dormir un peu et ensuite descendre vers le port et ses promesses d'ailleurs. Il choisira un gros navire dans lequel il pourra se faufiler ! Un gros parce que ceux-là, pense-t-il, vont certainement plus loin ! Celui qui voudra bien de lui fera l'affaire. Quand on est affamé, on ne joue pas la fine bouche en détaillant le menu.

On vise le plus énorme steak de la carte sans passer par l'entrée ou les amuse-gueules et on attaque à mort, sans se préoccuper des regards outrés des autres convives. Se faufiler, il a toujours su très bien le faire, Dimitri.

Il y a droit, à son festin, pense-t-il. Il y en a bien qui gagnent des millions en cochant des grilles de Loto, pourquoi ne pas tirer son paradis au pif en se planquant dans un ventre de navire ?

Comme pour une nouvelle naissance. Pour lui, abandonné par sa mère et au père inconnu, ce sera : retour vers le ventre, et vogue la galère !

Non, plutôt : retour vers le ventre et finie la galère !

Dormir, devenir sourd et aveugle !

Faire comme s'il ne voyait pas l'homme à la cagoule entrebâiller la porte d'entrée. Comme s'il n'entendait pas leurs voix que la nuit porte parfaitement jusqu'à sa planque.

– Qu'est-ce que tu fous là, toi ?

– J'ai rien à te dire ! Soledad ? Elle est là, Soledad ?

– Comment tu connais cette pétasse, toi ?

– Réponds-moi, elle est là, oui ou non ? Si tu crois que tu me fais peur avec ton flingue… Réponds-moi !

– Casse-toi d'ici, et vite ! T'as rien à foutre ici !

– Parce que toi, tu crois que t'as quelque chose à faire ici ? Lâche-moi, elle est là ou pas, Soledad ?

Soledad ? Cela sonne déjà comme le tropique du Cancer ou du Capricorne, pense Dimitri, sans savoir dans quel hémisphère se situent l'un ou l'autre.

Tu parles d'une équipe, ces trois-là ! Ils vont voir les flics arriver d'ici cinq minutes. Et si les flics cernent la maison, si les trois cavalent, ils n'auront que cette baraque en construction comme planque. C'est bien sa veine !

Il dormira dans une cale de navire, pas ici !

Avec la chance qu'il se trimballe aujourd'hui, il pourrait se retrouver trempé avec cette bande de minables et, serré par les flics, hop, direct le cul sur une chaise du bureau de la juge.

S'arracher d'ici, et fissa !

Dimitri dégringole les marches de l'escalier et se retrouve dans la rue. Il marche vite, en évitant les halos des réverbères.

Le port et ses quais sont au bout de la descente, ils brillent de la promesse de tant d'ailleurs. Il suffit de choisir son carrosse.

Surtout, qu'il y ait plein de jolies filles qui s'appellent Soledad dans le port lointain où il accostera. Dimitri accélère le pas et s'amuse de temps à autre à fermer les yeux quelques fractions de seconde pour répéter ce prénom chantant. Qu'il y en ait plein, et tout sera merveilleux.

Vivre ou mourir ?

J'ai ouvert des yeux aussi gigantesques que ma bouche de laquelle aucun son n'est sorti.

Je ne sais pas à quoi ressemblait ma tête de petite fille, cette nuit du 24 décembre où, en me levant pour aller boire à la salle de bains, j'ai découvert papa et maman en train de monter des paquets enrubannés de la cave pour les installer devant la cheminée...

Je me souviens de la tête de Vlad en classe. Le show qu'il avait fait pour nous amuser venait de provoquer la crise cardiaque de notre prof de français...

Je n'ai jamais oublié le regard de ma mère, rivé sur l'écran de la télé, un mardi 11 septembre, alors que je rentrais de l'école et que le deuxième avion percutait la deuxième tour...

Je pense qu'il y a eu un mélange de toutes ces stupéfactions et de tous ces désespoirs lorsque l'homme à la cagoule est revenu dans le salon de Florence en poussant devant lui... Arto !

Arto !!!

Il y avait aussi de la panique dans son regard, mais elle n'avait rien à voir avec la mienne. De la panique et de la rage, peut-être. Je ne comprenais plus rien. Je n'étais plus qu'une marionnette sans fil.

Si Arto m'a cherchée, il ne m'a pas aperçue tout de suite. Assise par terre, le dos contre le radiateur, j'étais cachée par le fauteuil dans lequel Florence se morfondait en lançant un coup d'œil surpris vers ce nouveau venu.

Pendant la trop courte absence de notre geôlier, je m'étais efforcée – en me blessant davantage les poignets – de dénouer mes menottes de plastique. J'avais réussi à les desserrer, mais pas assez. En me tortillant maladroitement, j'étais parvenue à accorder un peu de lest à mes cuisses et mes pieds. C'était tout.

Poussé par l'encagoulé, Arto a d'abord détaillé le carnage de verre autour de l'argentier, puis le vestige de chaise dans le buffet. Il a aussi regardé le grand sac de sport plein duquel émergeaient deux statuettes en ivoire, puis il a accordé un coup d'œil rapide et confus au Voltaire et à Florence.

À chaque pas, il s'est un peu plus tassé, comprenant sans doute le désastre où il s'était jeté. Me découvrir a sans doute marqué le summum à son désarroi. Était-il venu pour s'excuser après notre chevauchée sur son scooter, pour me parler d'Emma et du tour qu'ils m'avaient joué cet après-midi ? Sur le moment, ma seule préoccupation se résumait à : comment être encore vivante demain ?

Arto aurait pu se contenter de laisser un message sur mon portable. Peut-être l'avait-il fait, mais mon appareil c'était notre tortionnaire qui l'avait volé. À présent, il devenait le troisième otage. Notre bourreau, qui ne l'avait pas quitté d'une semelle, allait l'attacher lui aussi afin de continuer tranquillement son casse... et après ?

Après... Florence en avait tant dit tout à l'heure. Si ses accusations étaient fondées au sujet de Bettina, nous en savions trop et tout voleur amateur qu'il semblait être, cet homme n'oublierait pas d'effacer les traces derrière lui. Toutes ! Florence, Arto et moi.

Mais l'homme avait eu l'air à la fois surpris et soulagé en me lançant que ce n'était pas celui qui m'appelait qui lui mettrait des bâtons dans les roues.

Est-ce qu'ils se connaissaient ?

En ce cas, plus rien ne pourrait nous sauver !

– Bon, puisque t'es là, rends-toi utile, dugland ! Va nous chercher une grande valise au premier étage ! Y a encore beaucoup à ramasser ici. J'aime pas gâcher, tu sais bien ! On s'expliquera plus tard du pourquoi tu t'es pointé ici, dans mes pattes. Ça, je peux te le jurer et tu vas me le payer !

Ils se connaissaient !

Avaient-ils fréquenté la même bande ? La même cage d'escalier ? Le même quartier ?

– T'aimes pas gâcher ? T'as jamais fait que ça toute ta vie !

Arto avait reconnu cet homme, malgré sa cagoule. Je n'imaginais pas d'autre explication pour qu'il ose lui parler sur ce ton. Il connaissait son nom et pouvait le décrire. Nous étions perdus !

– Écrase et fais ce que je te dis !

– J'écrase rien du tout ! Je n'ai rien à voir avec tes combines de bandit !

Ses mots ont semblé monter de loin avant d'atteindre sa gorge tant ils ont sonné avec une gravité incroyable dans le salon.

Arto ne m'a pas quittée des yeux un seul instant, comme si l'homme armé qui lui faisait face n'avait aucune importance ou n'avait jamais existé.

– Si mes combines te gonflent, faut pas venir t'y fourrer, dugland ! Alors tu fais ce que je te dis, Arto, tu fais exactement ce que je te dis, ou je te colle au mur !

– Je suis venu les libérer ! Et j'ai juste un conseil à te donner... Tu ferais mieux de gicler d'ici vite fait. Je t'arrangerai le coup pour qu'elles t'oublient, enfin, pour qu'elles essaient de t'oublier. Tu les relâches, et c'est tout ! C'est ta seule chance ! Tu me remercieras plus tard. Et oui, aussi, un truc important... Tu ne m'appelles plus jamais dugland ! Jamais !

Brusquement, je ne sais pas comment le dire autrement, il y a eu une électricité extraordinaire dans l'air confiné de ce vaste salon prison. Une décharge lumineuse et cruelle. Tout pouvait exploser. Était-ce ce calme-là, mortellement lourd, qui précède aux levées des plus grands cyclones ?

Arto s'est avancé d'un pas vers le fauteuil de Florence en me jetant un coup d'œil amical que je n'ai pas compris. À cet instant, je ne sais pas si je le croyais capable de nous aider, mais pour vivre, j'étais prête à croire à n'importe quel père Noël.

– Arrête ça ! Immédiatement ! a ordonné le masque.

– Va-t'en ! Laisse tout le bordel que t'as foutu et casse-toi d'ici ! a soufflé Arto sans se retourner. Attendez, je vais vous aider, madame...

Il a posé ses mains sur l'accoudoir du fauteuil de Florence qui ressemblait à une vieille poupée de porcelaine à la robe de chambre mal enfilée, il a ausculté le fil qui lui tailladait les poignets.

– Tu délires !? T'as plein de blé à te faire, toi aussi, dans cette maison ! Cette baraque, c'est la grotte d'Ali Baba, p'tit con ! Le restaurant est ouvert et toi, tu dis : « J'ai pas faim » ? C'est n'importe quoi !

– Il faut croire qu'on n'est pas au même régime ! Va-t'en ! a grimacé Arto en continuant à s'échiner sur les liens de Florence.

– Attention, si tu joues au con, je te laisse simplement décider si je commence par plomber la vieille ou ta copine !

– Moi, je pense que si tu suis ton raisonnement de crapule, c'est par moi qu'il faut commencer, parce que, tu vois, rien ne m'arrêtera ! T'as jamais fait que le mal autour de toi… Tire-toi d'ici avec ton tableau et essaie de te débrouiller pour qu'on t'oublie. Va vider des caves la nuit dans la cité ou les hangars de supermarchés… Et puis, faut que je te dise, espèce d'inculte, ce n'est pas la grotte d'Ali Baba, qu'on dit, c'est la caverne… Même pour ça, t'es à côté de la plaque !

Après s'être interrompus, ses doigts ont repris leur détricotage sur l'accoudoir du Voltaire.

– Arto !!! T'es chez l'ennemi ici ! Te trompe pas de camp. Regarde autour de toi, bon sang ! Les riches se démerdent pour tout garder, et nous, on veut notre part ! C'est pas plus compliqué ! Ça a toujours été comme ça !

– Non, c'était une connerie, laisse le tableau ici, ce sera plus facile pour qu'on t'oublie.

Le bras droit de Florence était presque libre. Le fil électrique ressemblait à un serpent qui tournoyait au-dessus du fauteuil, Arto en était devenu le charmeur.

– Arto, j'hésiterai pas ! Arrête-toi, p'tit frère !

P'tit frère ?

– Tire, grand frère ! Cette dame a l'âge de mamie quand elle est morte l'année dernière… Si je les sauve, je me sauve et peut-être toi avec ! Tire ou tire-toi ! T'as toujours voulu te la péter en en rajoutant des tonnes ! C'est ça ton blème, tu sais pas freiner, alors tu te paies le mur et ça t'étonne…

– Arto !!!

– À maman aussi t'as jamais fait que du mal avec tes combines. Pourquoi tu crois qu'elle passe ses nuits bourrée de médocs ? Et encore quand elle se décide à arrêter de t'attendre ! Elle chiale, râle qu'elle a tout raté avec toi. Mais rassure-toi, même absent la moitié de la semaine – sauf quand t'as faim ou besoin de fric, bien sûr – il n'y a que toi qui occupes sa tête. Pendant ce temps-là, moi j'écope pour éviter le naufrage et je n'existe pas ! Arrache-toi de cette baraque, de la nôtre, de toutes celles où tu mets un orteil !

P'tit frère ? Grand frère ? Mamie ? Maman ? P'tit frère, ce n'était pas une façon de parler !

Le type paniquait face à la détermination de son cadet. Il n'arrivait pas à s'éloigner de son butin, ni à s'avancer pour empêcher Arto d'en terminer avec le deuxième accoudoir.

Du hold-up avec prise d'otages, nous venions de basculer brutalement dans le règlement de compte familial. Sur le coup, j'ai presque oublié que nous en savions trop. J'en étais encore à envisager que oui, peut-être, Arto était un vrai héros, un sauveur… Que ce n'était ni pour un rendez-vous d'amour ni pour une sale blague qu'il m'avait proposé de nous retrouver devant la médiathèque.

Je ne pouvais pas détacher mes yeux de ses mains affairées sur les accoudoirs du Voltaire et en même temps je sentais l'autre, debout, trépignant au milieu du salon. J'essayais de croire que cette crapule n'était qu'un sale insecte, pris dans une toile d'araignée que lui tissait son petit frère, qu'il ne pouvait plus que s'enfuir, filer, détaler, déguerpir, se tirer, se faire oublier...

Hélas, le frère d'Arto ne déclinait pas son avenir avec les mêmes infinitifs.

Gueuler et menacer, ça oui, c'était dans son vocabulaire.

– Arrête ça immédiatement, espèce de petit con !

Arto s'était accroupi pour libérer les jambes de Florence. On aurait dit un chevalier attendant son adoubement, insensible aux rugissements du dragon dans son dos... Et moi, j'étais quoi, sa princesse ? Je savais bien que non, pourtant je jure que, sur le moment, je l'ai cru, surtout quand il s'est tourné vers moi.

– Soledad, je t'ai donné rendez-vous parce que j'ai appris ce qui se tramait ici pour ce soir. Je voulais juste t'éloigner de ce guêpier.

– Arto, arrête ! continuait à gueuler l'autre.

– Par hasard, on surprend une conversation et...

– Arto !!! Fous le camp d'ici ! T'es en train de tout faire foirer !

– Une conversation entre mon frère, le grand con que tu vois là, et ma tante Betty qui bosse dans cette maison. Les conciliabules ont beau être discrets dans une cuisine, c'est fou comme on entend tout à travers la cloison des toilettes. Faut dire que c'est pas aussi spacieux qu'ici, chez nous.

– Arto, je vais tirer !!!

– Au bahut, tout le monde sait que tu viens là deux fois par semaine… Plus qu'une jambe, madame. Je ne vous fais pas mal ? Je suis nul, Soledad ! J'ai pensé que le mieux était de t'empêcher de venir bosser ce soir. Je m'y suis pris comme un manche, mais je me sentais coincé. Tu sais, dénoncer son propre frangin et sa tante est bien plus difficile que je ne l'avais imaginé.

– Arrête tout de suite, Arto !!!

La main qui tenait l'arme était dressée. Elle tremblait de rage en mettant en joue Arto accroupi, qui faisait mine de n'avoir rien remarqué.

– Arto, regarde-moi !

– J'étais coincé, je te dis… Ça y est, c'est presque fini, madame. Le tableau, qu'il passe entre les mains de mon frangin ou qu'il reste accroché au mur de cette baraque, je t'assure,

Soledad, je m'en tape. Si je suis venu, c'est parce que j'ai eu le pressentiment que je ne t'avais pas assez retardée, que peut-être tu étais malgré tout venue bosser... J'ai bien fait... Non seulement je n'ai pas vu Ludovic ressortir aussi vite que prévu, mais surtout, je t'ai entendue appeler au secours... J'étais coincé, Soledad... Voilà, madame!

Arto s'est redressé, sans doute comptait-il s'occuper de mes liens à présent.

– Petit con! Je vais te buter! Tu voulais leur donner notre adresse!

Ludovic a tiré.

Il avait visé le plafond et il a plu du plâtre. Du plâtre et des diamants de verre du grand lustre.

Arto est le seul à ne pas avoir hurlé de peur. Il a tourné la tête vers son frère, puis il a lancé un sourire à Florence qui ne quittait plus Ludovic des yeux.

– Casse-toi, Arto, la deuxième balle sera pour toi! a beuglé Ludovic.

– Juste capable d'agresser les petites vieilles et d'effrayer les filles! C'est tout! Un nul! Désolé, mais on n'est pas nécessairement responsable des conneries de son propre frère! s'est forcé à ricaner Arto en se dirigeant vers moi.

La deuxième balle a atteint son épaule droite. J'ai suffoqué lorsque son corps a sursauté sous l'impact. La balle a dû traverser l'épaule, sinon comment aurait-elle brisé le vase de Chine posé sur une étagère derrière lui ? J'ai d'abord cru qu'il n'avait rien, parce qu'il a encore fait deux pas vers moi en contournant la bergère. Machinalement, sa main s'était portée à son épaule.

Quand il a regardé ses doigts, ils étaient écarlates. Il a fixé son frère dont l'arme fumante frémissait encore au bout de la main, il s'est retourné vers moi avec un rictus désolé et a murmuré :

– J'essayais d'être un mec clean, tu le diras à Emma...

Les yeux hypnotisés par le sang qui coulait de son épaule, il a esquissé un pas et il est tombé sur moi, sans freiner sa chute, sa tête contre ma poitrine, son torse contre mes jambes.

Il m'a fait mal en tombant, son corps m'étouffait, mais mon désespoir anesthésiait toutes ces douleurs dérisoires.

Complètement perdue, je ne pouvais plus m'arrêter de hurler un cri de détresse aiguë que rien au monde n'endiguerait alors que mes cuisses se souillaient du sang de mon camarade de collège.

Je le sentais respirer fort contre moi, son visage et son torse étaient animés par des tressautements inquiétants, mais je n'avais qu'une chose en tête : tout était fini. Dans quelques minutes, quelques secondes, j'allais mourir. Ludovic avait osé tirer sur son frère ; nous exécuter, Florence et moi, ne lui poserait aucun problème avant de s'enfuir. Il commencerait par elle parce qu'elle n'était plus attachée, il me tirerait dessus ensuite. Je ne voulais pas souffrir. Je ne voulais pas voir la mort s'installer en moi. J'aurais voulu connaître l'amour avant… et je devrais me contenter de la pression d'un corps blessé, pesant de tout son poids sur mes seins, mon ventre et mes jambes. Les yeux exorbités de terreur, je hurlais pour ne pas entendre la mort prononcer mon prénom.

– Ferme-la ! a ordonné le fou.

J'ai continué à hurler comme si cela pouvait rendre son coup de grâce moins douloureux, bataillé de toutes mes forces avec mes liens, en vain. Il y a des renards qui se mutilent la patte pour se libérer du piège dans lequel ils se sont laissé prendre, mais je n'étais que Soledad Sanson, et le loup allait terminer son carnage.

– Je t'ai dit de la fermer !

L'aurais-je voulu, je n'aurais pas réussi à arrêter de crier.

Est-ce que cette maison était devenue une île déserte que les navires du monde entier avaient gommée de leurs routes ? Est-ce que mes parents m'entendraient à trois pâtés de maisons d'ici si je criais encore plus fort ? Est-ce que ça sauve les filles, comme pour les renards dans les pièges, de se mutiler les cordes vocales ? Non ! Papa n'aurait pas le temps d'arriver pour me libérer. Lui si fier de me raconter comment il m'avait remontée du fond de la piscine de l'hôtel en Espagne, où j'étais tombée à l'âge de deux ans. Comment il avait plongé tout habillé pour me ramener à l'air libre. Papa ! Je crois que ce ne sera pas possible cette fois-ci, papa !

J'ai continué à crier pour que la terre entière sache, avant que je la perde, que j'aimais la vie plus que tout au monde.

J'ai pensé que j'avais embrassé Arto alors qu'il n'était pas amoureux de moi, que je n'avais jamais embrassé Bruno alors qu'il en crevait d'envie, que je n'avais pas su dire à mes parents à quel point je les aimais, que je ne verrais pas la Saponne cet été, que je n'avais jamais pris l'avion, que… Je jure que des milliers de choses ridicules et essentielles se sont bousculées dans ma tête pendant ces quelques secondes… Puis j'ai arrêté de hurler et de penser lorsque j'ai senti le canon se coller sur mon front.

Pétrifiée, je l'ai regardé. Il avait posé un genou à terre et ses yeux si clairs à travers les trous de sa cagoule semblaient prévenir : je n'hésiterai pas. Il a placé une main sur le cœur d'Arto puis sur sa gorge pour vérifier qu'il respirait toujours. Qu'est-ce qu'il en a à faire de ta main, pauvre assassin ? C'est d'un hôpital qu'il a besoin. Je ne l'ai pas dit. Je n'avais plus de souffle. Le peu qui me restait m'a servi à murmurer d'une voix cassée :

– Je... ne veux pas... mourir...

Ludovic avait tiré sur Arto dans un mouvement de panique et de colère, me tuer à bout portant était peut-être plus difficile. Mais qu'est-ce que j'en savais vraiment ?

– J'ai pas le choix, il a fait.

Papa ? Je n'ai plus d'air, il faut que tu plonges vite, papa...

– Ferme les yeux, Soledad !

Il avait peur de mon regard ?

J'ai fait « non » de la tête.

– Ferme les yeux !

Papa ? Je suis désolée de m'être autant approchée du bord. Papa, c'était toi le héros normalement. Tu m'excuseras auprès de maman. Tu lui expliqueras que l'autre week-end quand je suis sortie en claquant la porte et en la traitant de vieille à côté de la plaque parce qu'elle me jugeait trop court vêtue, je ne le pensais pas. Tu lui diras, n'est-ce pas ? Tu n'oublieras pas ?

– Je t'ai demandé de fermer les yeux !

Si je ne les ai pas fermés, ce n'est pas pour lui tenir tête ou pour voir arriver la mort en face, c'est parce que j'ai aperçu derrière lui, à travers le voile de mes larmes, Florence brandir la statuette en bronze, celle du discobole aux formes parfaites que j'aime tant. Mais Ludovic a saisi mon trouble et, à l'instant précis où la main de Florence allait s'abattre sur sa nuque, il a fait volte-face, a roulé sur le côté et tiré sans viser. La balle a arraché une phalange à la main de Florence. Elle est tombée à la renverse au milieu du salon. La statuette s'est élevée dans l'air pour retomber à quelques centimètres de mon visage. Elle s'est brisée sur la fonte du radiateur en sonnant un coup de gong dans mes oreilles.

Enragé, Ludovic a cherché du regard le pistolet qui lui avait échappé des mains et que j'avais vu glisser sous la bergère bleue. Dans un instant, il l'aurait retrouvé ; dans un élan de sa main, récupéré ; dans vingt secondes et une balle, tué Florence ; et dans deux balles, je serais morte...

Tu as trop tardé, papa !

À quatre pattes à présent, à côté de moi, il jurait et m'insultait en cherchant son arme, et comme je pouvais, je me suis mise à lui balancer des coups de pied avec le peu de liberté que m'accordaient mes liens et le poids d'Arto. Il ne serait pas dit que je partirais sans me battre. Même si mes coups étaient dérisoires, la mort ne s'en tirerait pas sans hématomes.

Moi aussi j'ai juré et insulté, comme jamais de ma vie.

Ludovic se contentait de repousser mes talons de la main.

Je devenais enragée.

– So... le... dad...

Arto se réveillait.

Sa bouche était posée, là, contre ma poitrine et avait soufflé trois syllabes. Ce n'était plus ma panique ou l'horreur de ma mort annoncée ni la vision de Florence blessée qui me donnaient de la force, mais l'appel d'un garçon. Un appel qui ressemblait à une caresse.

Une dernière caresse.

J'ai fait comme j'ai pu, papa, mais la piscine était si profonde...

Le fou a récupéré son arme et l'a saisie en se redressant.

Il me fixait, je ne bougeais plus.

J'ai essayé de ne penser à rien d'autre qu'à la bouche d'Arto sur mon sein, qu'à son épaule sur mon ventre, qu'à son avant-bras sur ma cuisse, qu'à mon prénom murmuré, à peine audible. Je partirais avec cela. On emporte ce qu'on peut comme bagage quand on part trop vite.

Ludovic ne cessait de me regarder. Il semblait ne plus pouvoir détacher ses yeux de nos deux corps enlacés.

D'un geste lent, comme un comédien après le baisser de rideau, il a retiré sa cagoule.

Je connaissais son nom, son prénom, celui de sa complice, il ne manquait plus que les traits de son visage. Je n'ai pas pu m'empêcher de penser que mon bourreau était peut-être encore plus séduisant que son frère. Mais je n'aurais hésité en rien à déchiqueter avec mes ongles chaque centimètre carré de cette jolie peau… si j'avais pu…

Il a levé son bras. J'ai vu le canon s'approcher au milieu de l'océan de mes sanglots.

Il a visé.

Abandonner ou résister ?

C'est faux ce qu'on raconte dans les films, personne ne veut voir débouler la mort en face. Jusqu'au bout on espère qu'il y a eu une erreur de scénario.

J'allais fermer les yeux pour accueillir ma fin, et juste avant que je n'abandonne tout, le salon a été plongé dans le noir…

Est-ce que c'était cela, la mort ? Une pénombre froide et brutale dans une pièce à peine éclairée par la lumière provenant de la cuisine ? Mes mains et mes jambes liées à jamais par des bracelets qui m'asphyxiaient de douleur ? Le corps d'un garçon de mon âge blotti contre le mien sans que rien d'autre ne se passe ? L'ombre de mon futur assassin qui a hurlé en se retournant : « Qui est là ? Montre-toi si t'as le cran ! Montre-toi ! » ?

Est-ce qu'elle ressemblerait à cela, l'éternité de ma mort ?

Quelque chose a volé dans la pièce, un objet lourd qui ressemblait peut-être au chandelier en étain de la cheminée. Ça a traversé la pièce en direction de Ludovic. Le projectile est passé à quelques centimètres de son épaule avant de faire exploser la vitre derrière lui.

Immédiatement, le frère d'Arto a tiré en direction du piano, puis vers l'argentier, du moins ce qu'il en restait. Ludovic n'était plus qu'un fauve aux abois. J'ai entendu du bruit à l'autre bout de la pièce et distingué durant une fraction de seconde une silhouette qui se cachait près du corps de Florence toujours allongée. De chasseur, le frère d'Arto venait de basculer brusquement du côté du gibier, sauf qu'ici le gibier répliquait en prenant pour cible son chasseur...

Il a plu des livres sur lui. Les volumes aux couvertures blanches de l'*Encyclopedia Universalis* de Florence. Des espèces de lourds goélands au plumage clair. Ils s'abattaient sur Ludovic, et lui cherchait tant bien que mal à les éviter en jouant les moulins à vent avec ses bras tout en continuant à tirer dans le vide.

Une nouvelle averse de plâtre est tombée du plafond. La silhouette inconnue changeait sans cesse de place, se planquant derrière les meubles, attirant l'attention de Ludovic d'un côté de la grande pièce alors qu'il en avait déjà gagné un autre.

Nyctalope. Voilà c'était ça le mot. Animal qui voit la nuit. Les chats, les rapaces, les lémuriens, les hiboux. Un autre hibou était entré dans notre enfer. Rien n'est plus idiot sans doute que de chercher le bon mot dans un moment pareil, mais je jure que c'est à cela que j'ai pensé.

Mon sort avait été scellé. Le fou m'avait condamnée. La balle qui m'était destinée finirait par arriver. Je vivais juste ce moment comme un improbable purgatoire avant que le glas ne sonne. Qu'un inconnu se lève au milieu du public pour crier à l'injustice, cela pouvait-il suffire à changer le verdict ? Je n'arrivais pas à le croire et ne pouvais que contempler ce spectacle incompréhensible d'ombres chinoises.

Puis Ludovic a vu bouger l'ombre à quelques mètres de lui.

Je n'ai pas eu le temps de crier pour la prévenir. Il a tiré avant, probablement trop vite. J'ai entendu la silhouette pousser un cri. Pas un cri de douleur, plutôt un hurlement de guerre comme jamais je n'en ai entendu.

Il était debout au milieu de la pièce et tenait dans sa main un gros morceau de verre, sans doute un morceau de la vitre de l'argentier. Il venait de le lancer tel un boomerang. Il a tournoyé dans l'air et a atteint le frère d'Arto au bras, celui qui tenait l'arme, qu'il a lâchée en jurant.

C'est tout ce que j'ai vu de mon coin de prisonnière. Cela, et l'ombre armée du tisonnier de la cheminée se précipiter vers Ludovic et l'assommer. Un seul coup.

L'ombre a récupéré l'arme et l'a posée à côté de moi. Seule la lumière provenant du couloir de la cuisine versait sa pâle lumière dans la pièce. Le garçon a pris soin de dégager le corps d'Arto, délicatement, et a libéré mes mains du radiateur.

– Vous êtes qui ? ai-je demandé sans être certaine que j'étais bien celle qui prononçait ces mots.

Il avait mon âge et je ne l'ai pas tout de suite tutoyé, tant j'étais hébétée.

– Je ne suis personne ! a répondu le garçon en continuant à dénouer le fil électrique.

– S... s'il te plaît, dis-moi qui tu es.

– Un imbécile qui a eu la bêtise d'oublier son portefeuille et ses papiers alors qu'il voulait ne laisser aucune trace derrière lui ! Presque six cents euros, faut être un sacré couillon ! Et puis un curieux aussi, sans doute…

– Je ne comprends pas, ai-je balbutié en massant mes poignets. Qui es-tu ?

– Un mec qui ne sait pas faire semblant quand il entend crier. Peut-être que c'est plutôt bon signe, après tout. Faut dire que t'as crié vachement fort ! Remarque, t'as bien fait. Tiens, prends ça, a-t-il ajouté en fourrant le pistolet dans mes mains libres. L'autre va se réveiller dans quelques minutes. Je vais l'attacher, seulement vaut mieux faire gaffe… Parce que moi, je ne serai plus là !

Il s'occupait de mes jambes à présent. Il ne semblait pas le moins du monde gêné par l'absence de lumière dans la pièce. Je sentais ses doigts effleurer mes cuisses, son odeur parvenait jusqu'à mes narines, un mélange d'essence de térébenthine et de cannelle, je ne savais pas bien, j'essayais de tout lui voler.

– Il va falloir que tu appelles les keufs, et que tu t'occupes de ton copain et de ta grand-mère. Ce ne sont pas les keufs qui seront du meilleur secours en premier lieu. Enfin, je dis ça, tu te débrouilles, moi ce qui m'importe surtout c'est que tu me laisses le temps de filer…

Je l'écoutais sans comprendre. Je cherchais à distinguer les traits de son visage, la couleur de ses yeux, mais je n'y parvenais pas tant il faisait sombre et tant je me sentais épuisée. Je n'ai même pas eu la présence d'esprit de l'aider à libérer mes jambes. Quelqu'un s'occupait de moi, j'avais l'impression que cela faisait une éternité que ce n'était pas arrivé.

– Donne-moi au moins ton prénom… Moi, c'est Soledad !

– Je sais ! Fallait être sourd pour pas l'entendre, ton prénom ! On l'a beaucoup crié dans le coin, ce soir. Voilà, tu es libre, c'est fini ! Tu n'allumeras pas tant que je serai dans la pièce.

– Mais c'est pas possible, il faut que tu me dises… Tu nous as sauvés. Florence, Arto, moi ! Tu nous as tous sauvés !

Avec le fil électrique, il a attaché les mains du frère d'Arto, rapidement, en effectuant plusieurs tours. Ensuite il s'est affairé sur ses pieds. Ses gestes et sa technique semblaient identiques à ceux que notre agresseur avait utilisés. Peut-être plus efficaces. Je ne sais pas. Est-ce que je rêvais ?

– C'est vous qui m'avez sauvé ce soir, a-t-il murmuré sans lever le nez du corps de Ludovic. La seule chose que je peux te dire, c'est que je ne veux jamais devenir comme… comment déjà ?

– Ludovic…

– T'es pas obligée de me croire, mais je sais que j'étais super bien parti pour ressembler à ce genre de salaud ! Je prenais ça pour mon seul avenir possible ! Tu sais, ça tient à si peu de chose !

J'étais toujours assise par terre. L'arme tremblait entre mes mains. Il venait de s'accroupir à côté de Florence. Il est resté un moment penché sur elle et s'est redressé. Un rai de lumière pâle m'a dévoilé un morceau de blouson souillé de boue, une mèche brune en bataille. Rien d'autre.

– Elle est juste évanouie, elle terminera sa vie avec un doigt en moins. Il faudra quand même demander à l'ambulance de se magner le train ! Elle est plus toute jeune, ta mémé.

– Elle voudra te remercier, elle aussi ! Te récompenser… Tu ne peux pas partir comme ça ! Tu n'as pas besoin de t'enfuir, au contraire. Personne ne me croira si tu ne restes pas !

– Il doit y avoir mes empreintes partout, même dans le couloir et sur l'interrupteur ! Ne touche surtout pas au tisonnier, et quand ils feront leur enquête, les flics sauront que ce n'est pas toi qui as assommé le type ! Le reste, tu leur raconteras comme tu peux. Tu devras t'en débrouiller !

– Je t'en prie, ne t'en va pas !

– J’ai un bateau à prendre, mais ça, c’est un secret entre toi et moi ! Tu n’en parles à personne ! Les flics seraient capables de descendre au port pour me retrouver ! Tu promets ?

– Oui bien sûr. Tout ce que tu veux, je te promets.

– C’est bien…

– Un prénom, s’il te plaît… juste ton prénom !

J’ai senti qu’il hésitait. Il allait filer par la porte du salon. Pour la première et la dernière fois, sa silhouette s’est découpée parfaitement dans l’embrasure du couloir. Une image brève, trop brève. Un clair-obscur digne d’une peinture flamande qui restitue l’essentiel de l’âme et pas le détail des choses. Il était plus petit qu’Arto, brun, et paraissait triste. Le type de langueur et de tristesse qui donne envie à une fille rêveuse dans mon genre de se couper en huit cent cinquante morceaux pour le consoler. Je ne voulais pas qu’il s’en aille ! J’avais si peur de devoir rester là avec cette ombre chinoise dans la tête toute ma vie. Je craignais d’attendre malgré moi qu’il revienne dans la lumière et que cette attente me soit aussi abominable qu’interminable.

– Reste ! Tu m’aideras pour la police et pour l’hôpital ! Reste ! Tu m’aideras encore !

– Non, maintenant je vais m'occuper de moi ! J'ai fait ce que j'ai pu, Soledad ! Pour l'hôpital, t'as pas besoin de mon aide. T'as juste un numéro à faire ! T'as encore tes parents ?

– Bien sûr.

– Non, pas bien sûr, tout le monde n'a pas encore ses parents ! Appelle-les aussi, le Samu, la télévision, qui tu veux, c'est toi qui juges, mais pas tout de suite les flics. T'as promis.

Et comme s'il avait perçu ma crainte, il a ajouté :

– Tu sais, je ne reviendrai pas ! Jamais !

– Peut-être que si, j'ai murmuré avec tout l'espoir du monde dans la voix.

– Non, jamais, et ce sera très bien comme ça... Bon, j'y vais, salut !

Puis, alors qu'il n'était déjà plus dans mon champ de vision, il a lancé, un peu comme on agite un mouchoir ou comme on lance une fleur sur un quai au bateau qui appareille :

– C'est Dimitri !

Attendre ou ne pas attendre?

Il y a un garçon au prénom en triple croche qui a embarqué un morceau de moi à bord de son navire, il y a un peu moins d'un trimestre.

– Bon, on devrait peut-être y aller maintenant?

Je le sais que je n'ai rien à faire là! Je le sais bien... mais j'ai du mal.

– Soledad?

Elle insiste délicatement, comme pour ne pas me brusquer, pourtant je sens qu'elle s'impatiente. C'est la troisième fois en dix minutes qu'elle me propose de nous lever de ce banc sur lequel nous nous sommes posées tout à l'heure.

J'ai du mal, mais je sais que Florence a raison.

Je ne suis pas Pénélope. Je suis Soledad ! Et lui n'est pas mon Ulysse, il m'avait prévenue.

Et qu'est-ce que j'en sais, moi, à quoi il ressemble son bateau ?

La Saponne roule vers son estuaire, l'estuaire ouvre grand sa bouche pour grignoter un morceau d'océan, et l'océan si vaste se perd loin parce qu'il n'a peur de rien.

Ce porte-conteneurs ?

Ou alors ce voilier qui remonte le fleuve en tirant des bords ?

– Tu viens, Soledad ?

On lui a retiré son bandage, il y a quinze jours. Il lui manque dorénavant deux doigts à la main droite et le kiné affirme qu'elle fait des prodiges, malgré son âge et grâce à la rééducation.

– J'arrive, Florence ! je réponds sans réussir à détourner mon regard du fleuve.

– Tu dis ça, mais tu n'arrives pas. On pourrait s'offrir un goûter au *Petit Flore,* le salon de thé de la place Jung.

– Oui, je réponds sans grande conviction.

Parfois, quand je passe ici sur les quais, cela me mine un peu d'y penser. De songer aussi que lorsque je regarde le soleil se coucher sur le courant, lui, quelque part ailleurs, scrute une lune au bord d'une eau d'une autre couleur que celle de notre Saponne. Parfois je réussis à ne plus y penser, et c'est très bien.

– J'ai reçu une lettre de l'avocat, fait Florence Camplong pour essayer de détourner mon regard hypnotisé par l'estuaire. Le procès de Bettina et Romain Ruiz aura lieu dans six mois en même temps que celui de… Ludovic.

– C'est long ! je dis. Enfin remarquez, je ne sais pas, c'est peut-être le délai normal.

– J'ai appris que Romain Ruiz avait été changé de prison hier matin. Pour qu'il ne soit pas dans la même que… Ludovic.

Elle a du mal à prononcer ce prénom, à chaque fois.

– Bettina est toujours à la maison d'arrêt des femmes, poursuit-elle. J'avais bêtement pensé qu'elle m'écrirait, qu'elle me ferait signe.

– Elle n'a aucune raison de le faire ! je lance sans réfléchir. Non, je veux dire qu'elle n'en est probablement pas capable.

Florence sourit. Je suis sûre qu'elle a compris que je ne pensais pas à son ancienne femme de ménage, mais à un inconnu parti dans la nuit qui ne connaissait ni mon nom de famille, ni mon adresse, si, depuis son bout du monde, il avait eu l'idée de m'envoyer une carte postale.

Florence saisit si bien les choses. Notre proximité à présent n'a pas toujours besoin de discours pour exister.

– Le *Petit Flore* et des mignardises ? Est-ce que c'est un appât suffisant pour une jeune fille qui ne va pas passer sa vie à jouer les femmes de marins sur le port ? Ou alors tu attends de devenir une sirène ? Mais je ne suis pas sûre de pouvoir assister à cette transformation, tu sais Soledad, je n'ai pas l'éternité devant moi.

– Vous tiendrez jusqu'à la place Jung et aux gâteaux !

– Oui, ça je pense que c'est possible.

Je souris et me redresse. Je défroisse ma jupe. Une neuve, courte, bleue à bandes vertes que j'ai trouvée en soldes chez *Pom Pom Girls* la semaine dernière. Je l'aide à se redresser. Je ne lui dis pas que je l'aime, elle le sait. Je m'accroche à son bras, à moins que ce soit elle. Aucune importance.

Nous commençons à longer le quai. D'autres promeneurs profitent comme nous des promesses tenues par le printemps sur la ville. Un léger vent parfumé à la cannelle nous ébouriffe à peine.

– Et comment cela se passe avec Arto ?

– Pas grand-chose. Il ne m'évite pas, mais on n'est pas plus proches que cela au collège. Il est toujours avec Emma. Il s'occupe pas mal de sa mère, depuis... Elle a fait une grosse dépression, je crois. Maintenant, elle passe beaucoup de temps à la maison d'arrêt pour rendre visite à Ludovic. Arto ne veut pas y aller pour l'instant.

– Et toi ?

– Moi quoi ? je sursaute. Aller voir ce salaud ? Florence vous dites n'importe quoi.

– Et toi, tu es avec qui ? Tu m'avais parlé d'un Bruno, si je me souviens bien.

– Moi, je suis... avec vous, Florence ! je lâche en me forçant un peu à sourire.

– Oui, ma belle, seulement tu ne t'en tireras pas comme ça ! Si des garçons ne te prenaient pas dans leurs bras ce serait du gâchis, tu entends, du gâchis ! Tu veux vieillir en te disant dommage ?

– Non, mais...

– Alors arrête d'attendre un garçon qui ne reviendra pas, ma chérie ! Quand j'étais plus jeune, on dansait sur une chanson dont le refrain répétait : « If you can't be with the one you love, love the one you're with. » Je détestais cette idée lamentable : « Si tu ne peux pas être avec celui que tu aimes, aime celui avec lequel tu es », mais tu vois, Soledad, je n'ai compris le sens de ce refrain que bien plus tard.

Je ne réponds rien. Elle trottine doucement à mon bras et nous éloigne du fleuve. Je réussis sans difficulté à l'imaginer se trémoussant dans des fêtes sur des rocks endiablés quand elle avait mon âge ou un peu plus. Sur des slows langoureux aussi, elle était si séduisante. Les photos qu'elle m'a montrées parfois en attestent.

– J'adorerais que tu me présentes un de tes petits copains, Soledad !

– Beaucoup trop risqué ! Vous seriez capable de me le piquer avec votre charme ! Il n'en est pas question !

Elle a ralenti au passage piétons. Elle lève ses yeux clairs vers moi.

Elle sourit, malicieuse.

– Tu n'es qu'une flatteuse ! Mais j'adore !

– Vous n'êtes qu'une gourmande ! Et je ne parle pas que des mignardises et de la tarte tatin du *Petit Flore*... Mais j'adore ! je réponds avec le même sourire.

Le feu passe au rouge pour nous permettre de traverser.

J'ai l'impression qu'elle serre un peu plus mon bras, ou alors c'est moi.

Depuis le fleuve, dans notre dos, résonne trois fois la corne d'un navire entrant. Il appelle les remorqueurs à son secours pour accoster ses milliers de tonnes à bon quai.

Je ne me retourne pas.

Je vais avoir de moins en moins de mal à ne pas me retourner.

C'est très bien ainsi.

– Leur tiramisu aussi est damnatoire ! fait Florence une fois que nous sommes parvenues sur l'autre rive de la chaussée.

Elle a raison, elle a tellement raison pour tant de choses.

TABLE DES MATIÈRES

L'AUTEUR

Hubert Ben Kemoun est né en 1958 et vit à Nantes sur les rives de la Loire. Son nom signifie en hébreu comme en arabe « fils du cumin ». Après avoir écrit des pièces dramatiques pour Radio France et des comédies pour le théâtre, il rédige depuis plusieurs années des livres en littérature jeunesse. Des albums comme des romans.
Même si ce n'est pas le seul territoire qui l'inspire, le « noir » est un des continents vers lesquels il navigue le plus volontiers. Hubert Ben Kemoun pense que derrière le frisson se cache toujours un vrai, un délicat plaisir. Autant le faire partager comme on invite à un festin épicé...

DU MÊME AUTEUR

Fantôme sous la pluie
Dans une ville menacée par le déluge, Matthieu doit faire face au retour inattendu de son père, un truand aux abois.
Curieux et effrayé à l'idée de le rencontrer, Matthieu n'a pas le temps de tergiverser…

Pleins feux sur scène
Qui, de Sabine la jeune première, Max l'adolescent jaloux ou Stéphanie la comédienne ratée et fragile, va brûler les planches ?

Un jour à tuer
Antoine était fou amoureux de Virginie. Il lui a déclaré sa flamme dans une lettre enflammée, mais elle s'est moquée de lui. Humilié, il est aveuglé par le désir de vengeance...

Retrouvez tous les titres de la collection

Heure noire

sur le site **www.rageot.fr**

Achevé d'imprimer en France en septembre 2010
sur les presses de l'imprimerie Hérissey à Évreux (Eure).
Dépôt légal : octobre 2010
N° d'édition : 5212 - 01
N° d'impression : 114796